2014, Editora Fundamento Educacional Ltda.

Editor e edição de texto: Editora Fundamento Educacional Ltda.
Capa: Zuleika Iamashita
Editoração eletrônica: Commcepta Design
                      Bella Ventura Eventos Ltda. (Lorena do Rocio Mariotto)
CTP e impressão: Benvenho & Cia. Ltda.
Tradução: E. Siegert & Cia. Ltda. (Edite Siegert Sciulli)

Copyright texto e arte © Emily Rodda, 2000
Arte por Kate Rowe
Copyright ilustrações capa © Marc McBride 2000

Publicado originalmente por Scholastic Australia Pty Limited em 2000. Esta edição foi publicada conforme contrato com Scholastic Australia Pty Limited.

Todos os direitos reservados. Nenhuma parte deste livro pode ser arquivada, reproduzida ou transmitida em qualquer forma ou por qualquer meio, seja eletrônico ou mecânico, incluindo fotocópia e gravação de backup, sem permissão escrita do proprietário dos direitos.

Dados Internacionais de Catalogação na Publicação (CIP)
(Câmara Brasileira do Livro, SP, Brasil)

Rodda, Emily
   Deltora Quest 2 : O lago das lágrimas / Emily Rodda ; versão brasileira Editora Fundamento. – São Paulo - SP : Editora Fundamento Educacional, 2014. – (A busca de Deltora)

   Título original : Deltora Quest 2 : The lake of the tears

   1. Ficção – Literatura infantojuvenil I. Título. II. Série

05-1678   CDD-028.5

Índices para catálogo sistemático:
1. Ficção : Literatura infantojuvenil 028.5
2. Ficção : Literatura juvenil 028.5

Fundação Biblioteca Nacional

Depósito legal na Biblioteca Nacional, conforme Decreto n.º 1.825, de dezembro de 1907. Todos os direitos reservados no Brasil por Editora Fundamento Educacional Ltda.

Impresso no Brasil

Telefone: (41) 3015 9700
E-mail: info@editorafundamento.com.br
Site: www.editorafundamento.com.br

Este livro foi impresso em papel pólen soft 80 g/m² e a capa em papel-cartão 250 g/m².

Sumário

A ponte 6
As três perguntas 10
Verdades e mentiras 15
O resgate 22
O terror 27
Nij e Doj 34
Sustos 40
Olhos muito abertos 46
A passagem 52
Raciocínio rápido 59
A caminho de Raladin 65
Música 72
O Lago das Lágrimas 78
Soldeen 85
A feiticeira 91
A luta pela liberdade 98

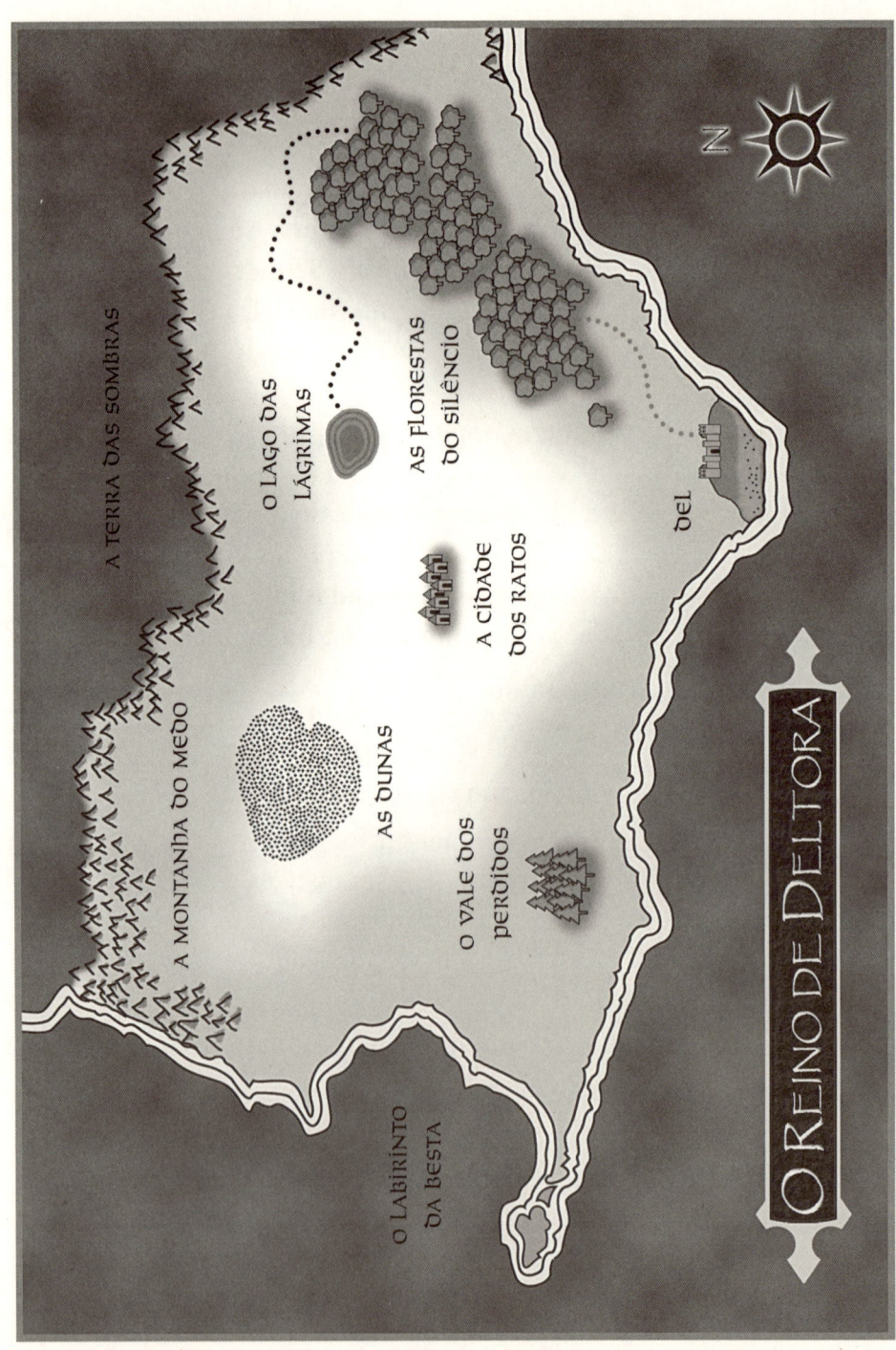

Até agora...

Aos 16 anos, Lief, cumprindo uma promessa feita pelo pai antes que o filho nascesse, saiu em uma grande busca para encontrar as sete pedras preciosas do mágico Cinturão de Deltora. Somente o Cinturão poderia salvar o reino da tirania do malvado Senhor das Sombras que, apenas alguns meses antes do nascimento de Lief, invadira Deltora e escravizara o seu povo com a ajuda de feitiçaria e seus temidos Guardas Cinzentos.

As pedras – uma ametista, um topázio, um diamante, um rubi, uma opala, um lápis-lazúli e uma esmeralda – foram roubadas para que o desprezível Senhor das Sombras pudesse invadir o reino. Agora, elas se encontram escondidas em locais sombrios e terríveis por toda Deltora. E, somente quando forem recolocadas no Cinturão, o herdeiro do trono poderá ser encontrado, e a tirania do Senhor das Sombras chegará ao fim.

Lief partiu com um companheiro – Barda, que já fora guarda do palácio. Agora, eles receberam a companhia de Jasmine – uma garota selvagem, órfã, da idade de Lief, que conheceram em sua primeira aventura nas temíveis Florestas do Silêncio.

Nas Florestas, eles descobriram os fantásticos poderes de cura do néctar dos Lírios da Vida. Eles também conseguiram encontrar a primeira pedra – o topázio dourado, símbolo da lealdade, que tem o poder de fazer os vivos entrar em contato com o mundo espiritual, além de outros poderes que nossos heróis ainda não compreendem.

Agora, continue a leitura...

A PONTE

ief, Barda e Jasmine caminhavam. A manhã estava fresca e luminosa: o céu era azul-claro, o sol se insinuava entre as árvores e iluminava com faixas douradas a trilha sinuosa que percorriam. Os sombrios perigos das Florestas do Silêncio haviam ficado para trás.

"Num dia lindo como este", Lief pensou, caminhando ao lado de Barda, "seria fácil acreditar que tudo estava bem em Deltora". Longe da cidade devastada e apinhada de Del, longe da patrulha dos Guardas Cinzentos e do sofrimento do povo que vivia faminto e aterrorizado, era mesmo quase possível esquecer que o reino era dominado pelo Senhor das Sombras.

Mas esquecer seria tolice. O interior era magnífico, mas o perigo rondava toda a estrada que conduzia ao Lago das Lágrimas.

Lief espiou para trás e encontrou o olhar de Jasmine. Ela não queria vir por esse caminho e o criticara com todas as forças.

Agora, caminhava tão leve e silenciosamente como sempre fazia, mas seu corpo estava rígido, e a boca apertada numa linha reta e dura. Naquela manhã, prendera os cabelos para trás com uma tira de tecido que arrancara das roupas esfarrapadas. Sem a moldura habitual de cachos castanhos, o rosto parecia muito pequeno e pálido, e os olhos verdes davam a impressão de ser enormes.

A pequena criatura peluda que chamava de Filli segurava-se ao ombro dela e guinchava nervosamente. Kree, o corvo, batia as asas desajeitadamente em meio às árvores que os rodeavam, como se não quisesse ficar no solo nem se afastar muito.

Naquele momento, Lief percebeu, assustado, o quanto estavam receosos.

"Jasmine, porém, foi tão corajosa nas Florestas", ele lembrou, virando rapidamente para a frente. "Ela arriscou a vida para nos salvar". De fato, aquela parte de Deltora era perigosa; mas, por outro lado, naqueles dias do Senhor das Sombras, havia perigo por toda parte. O que aquele lugar tinha de tão especial? Haveria algo que ela não lhes contara?

Ele se lembrou da discussão que ocorrera quando os três companheiros decidiam para onde iriam após deixar as Florestas do Silêncio.

– É loucura ir para o norte por aqui – Jasmine insistiu, os olhos faiscando. – A feiticeira Thaegan domina essa região.

– Essa sempre foi a fortaleza dela, Jasmine – Barda salientou, paciente. – No entanto, muitos viajantes atravessaram essas terras no passado e viveram para contar a história.

– Hoje, Thaegan é dez vezes mais poderosa do que antes! – Jasmine exclamou. – O mal atrai o mal, e o Senhor das Sombras aumentou a força dela. Agora ela está inflada pela vaidade e também pela perversidade. Se viajarmos para o norte por aqui, estaremos condenados.

Lief e Barda fitaram-se. Ambos haviam ficado satisfeitos quando Jasmine decidira deixar as Florestas do Silêncio e unir-se a eles na busca pelas pedras perdidas do Cinturão de Deltora. Fora graças a ela que não tinham sucumbido nas Florestas. Fora graças a ela que a primeira pedra, o topázio dourado, estava agora preso ao Cinturão que Lief usava escondido debaixo da camisa. Eles sabiam que os talentos de Jasmine seriam extremamente úteis à medida que avançassem na busca das seis pedras restantes.

Contudo, Jasmine havia vivido de acordo com os recursos que tinha à mão sem precisar agradar a ninguém além de si mesma. Ela não estava acostumada a seguir os planos de terceiros e não tinha receio de expressar seus sentimentos abertamente. Agora, Lief percebia, um tanto aborrecido, que haveria momentos em que Jasmine seria uma companheira desagradável e indisciplinada.

— Temos certeza de que uma das pedras está escondida no Lago das Lágrimas, Jasmine — ele disparou, ríspido. — Portanto, precisamos ir até lá.

— Claro! — ela exclamou, batendo o pé, impaciente. — Mas não precisamos passar por todo o território de Thaegan. Por que você é tão tolo e teimoso, Lief? O lago fica na extremidade das terras da feiticeira. Se fizermos uma volta grande e chegarmos até lá pelo sul, poderemos evitar que ela sinta a nossa presença até o fim.

— Esse trajeto nos obrigaria a cruzar as colinas Osmine, o que levaria cinco vezes mais tempo — resmungou Barda antes que Lief pudesse responder. — E quem sabe que perigos nos esperam nas colinas? Não. Acho que devemos seguir conforme planejamos.

— Também concordo — Lief acrescentou. — Portanto, são dois contra um.

— Não! — Jasmine contestou. — Kree e Filli votam comigo.

— Kree e Filli não têm direito a voto — retrucou Barda, finalmente perdendo a paciência. — Jasmine, ou você nos acompanha, ou volta para as Florestas. A decisão é sua.

Dizendo isso, ele se afastou acompanhado de perto por Lief. Jasmine, após um longo minuto, caminhou devagar atrás deles. Mas sua expressão estava carregada, e, nos dias que se seguiram, ela ficou cada vez mais séria e silenciosa.

Lief estava de tal modo imerso em pensamentos que quase se chocou contra Barda, que parara abruptamente numa curva da trilha. Ele começou a se desculpar, mas Barda pediu-lhe silêncio com um gesto e apontou.

A ponte

Eles haviam chegado ao final do caminho ladeado por árvores e, diretamente à sua frente, abria-se um enorme abismo em que rochedos íngremes e áridos exibiam um brilho rosado sob a luz do Sol. Sobre o precipício assustador, pairava uma ponte estreita feita de corda e tábuas. Em frente à ponte, via-se um homem enorme de olhos dourados e pele escura que segurava uma espada perversamente curva.

Como uma ferida aberta na terra, o abismo se estendia à direita e à esquerda até onde a vista podia alcançar. O vento soprava através dele emitindo um som suave e sinistro, e enormes pássaros marrons com asas muito abertas investiam sobre as rajadas como se fossem imensas pipas.

Não havia como atravessar a não ser pela ponte oscilante. Contudo, o gigante de olhos dourados que permanecia em guarda, imóvel e sem piscar, barrava-lhes o caminho.

As três perguntas

Ief parou, rígido, o coração acelerado, enquanto Jasmine o seguia na curva. Ele a ouviu respirar fundo quando ela, também, viu o que os esperava adiante.

O homem de olhos dourados percebeu a presença deles, mas não se moveu. Apenas ficou ali, à espera. Ele não usava nada além de uma tanga, e, no entanto, o vento não o fazia tiritar de frio. Ele estava tão imóvel que, não fosse o fato de estar respirando, poderia ser confundido com uma estátua.

– Ele está enfeitiçado – Jasmine sussurrou, e Kree emitiu um leve som queixoso.

Eles avançaram com cuidado. O homem os observava em silêncio. Quando finalmente pararam à sua frente na beira do abismo terrível, ele ergueu a espada num sinal de advertência.

– Queremos passar, amigo – Barda disse. – Afaste-se.

– Vocês devem responder às minhas perguntas – o homem respondeu com voz baixa e grave. – Se acertarem, poderão passar. Se errarem, terei de matá-los.

– Sob as ordem de quem? – Jasmine quis saber.

– Da feiticeira Thaegan – esclareceu o homem. Sua pele pareceu estremecer ao som desse nome. – Certa vez, tentei enganá-la a fim de salvar um amigo da morte. Agora estou fadado a guardar esta ponte até que a verdade e a mentira se transformem numa coisa só. Quem vai aceitar o meu desafio? – ele indagou, o olhar passando de um a outro.

– Eu – ofereceu-se Jasmine, livrando-se da mão de Barda que a prendia e dando um passo à frente.

A expressão de temor havia desaparecido de seu rosto e fora substituída por outra que Lief não reconheceu de imediato. E, então, surpreso, percebeu que era pena.

– Muito bem. – O homem gigantesco olhou para baixo. No chão havia uma fileira de gravetos.

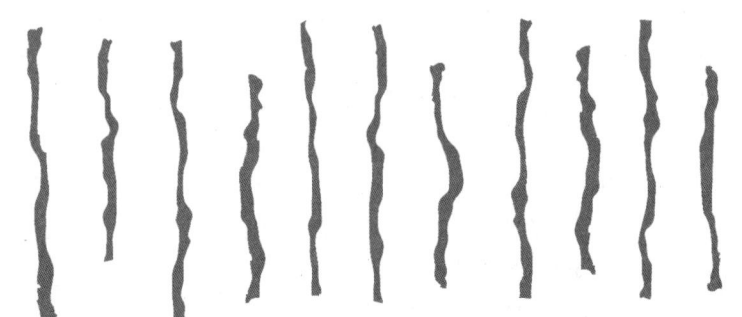

– Transforme 11 em oito sem excluir nenhum graveto – ele ordenou, ríspido.

Lief sentiu o estomago revirar.

– Essa não é uma pergunta justa! – Barda exclamou. – Não somos mágicos.

– A pergunta foi feita – retrucou o homem sem piscar os olhos dourados. – E deve ser respondida.

Jasmine estivera fitando os gravetos. De repente, agachou-se e começou a movê-los de um lado a outro. Seu corpo ocultava o que fazia e, quando tornou a se levantar, Lief abafou um grito. Ainda havia 11 gravetos, mas lia-se:

OITO

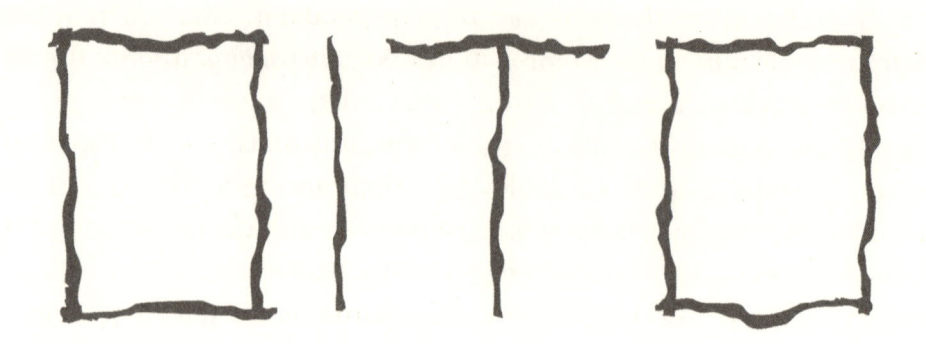

– Muito bem, disse o homem, no mesmo tom de voz. – Você pode passar.

Ele se afastou e Jasmine avançou para a ponte. Contudo, quando Lief e Barda tentaram segui-la, ele barrou-lhes a passagem.

– Somente quem responde pode passar – ele avisou.

Jasmine virou-se e observou-os. Kree pairava sobre ela, as asas negras muito abertas. A ponte balançava perigosamente.

– Continue – Barda bradou. – Nós a seguiremos.

Jasmine assentiu, virou-se outra vez e começou a caminhar com leveza na ponte, com tanta indiferença como se estivesse num galho nas Florestas do Silêncio.

– Você falou, portanto a próxima pergunta é sua – o homem de olhos dourados determinou, virando-se para Barda. – Aqui vai: o que um mendigo tem que um rico necessita e os mortos comem?

Seguiu-se o silêncio. Então...

– Nada – Barda respondeu, tranquilo. – A resposta é: nada.

– Muito bem – tornou o homem. – Você pode passar.

E se afastou para o lado.

– Gostaria de esperar o meu companheiro responder sua pergunta – Barda replicou sem se mover. – Então, atravessaremos a ponte juntos.

– Isso não é permitido – disse o homem. Os músculos poderosos de seus braços se enrijeceram levemente sobre a espada curva.

– Vá, Barda – Lief sussurrou. A tensão fazia a sua pele formigar, mas ele tinha certeza de que conseguiria responder à pergunta, fosse ela qual fosse. Jasmine e Barda haviam obtido êxito, e ele estudara muito mais do que eles.

Barda franziu a testa, mas não discutiu mais. Lief observou-o entrar na ponte e atravessá-la devagar, segurando-se com firmeza no corrimão de corda, que rangeu sob seu peso. Os grandes pássaros voejavam ao seu redor, impulsionados pelo vento. Bem abaixo, via-se a trilha fina e sinuosa de um rio cintilante. Mas Barda não olhou para baixo.

– Aqui está a terceira pergunta – apresentou o homem de olhos dourados, voltando ao seu posto. – É comprida, portanto, para ser justo, vou dizê-la duas vezes. Escute com atenção.

Lief ficou atento quando o homem começou a apresentar a pergunta em forma de versos.

Thaegan engole sua comida predileta
Em sua caverna, com a filharada irriquieta:
Hot, Tot, Jin, Jod,
Fie, Fly, Zan, Zod,
Pik, Snik, Lun, Lod
E o temível Ichabod.
Cada criança segura um sapo viscoso.
Em cada sapo, contorcem-se dois vermes, cada qual mais apetitoso.
Em cada verme, cavalgam duas pulgas cheias de coragem.
Quantos vivem na caverna de Thaegan em meio à folhagem?

Lief quase sorriu aliviado. Quantas longas tardes passara realizando somas sob o olhar vigilante da mãe? Ele poderia responder o teste facilmente.

Ajoelhou-se no chão e, quando os versos foram repetidos, fez as contas com cuidado e anotou os números na terra com o dedo.

Havia 13 crianças no total, mais 13 sapos, mais 26 vermes, mais 52 pulgas. Isso somava... 104. Lief verificou a conta duas vezes e abriu a boca para falar. Então, o coração bateu surdamente quando, no último momento, ele percebeu que quase cometera um erro. Havia se esquecido de acrescentar a própria Thaegan!

Quase ofegante por causa do desastre iminente, ele se levantou.

– Cento e cinco – ele disparou.

Os estranhos olhos do homem pareceram faiscar.

– A sua não foi uma boa resposta – ele afirmou. Estendeu a mão com a rapidez de um raio e agarrou Lief pelo braço com punho de aço.

Lief espantou-se e sentiu o calor do pânico subir-lhe ao rosto.

– Mas... a soma está correta – ele gaguejou. – As crianças, os sapos, os vermes e as pulgas... e a própria Thaegan: são 105, no total.

– Sim – o homem concordou. – Mas você esqueceu o prato favorito de Thaegan. Um corvo, engolido vivo. Ele também se encontrava na caverna, vivo em seu estômago. A resposta é 106. A sua não foi uma boa resposta – ele repetiu, erguendo a espada curva. – Prepare-se para morrer.

Verdades e Mentiras

ão foi uma pergunta justa - Lief gritou, lutando para libertar-se. - Você me enganou! Como eu poderia saber o que Thaegan gosta de comer?

– Não é da minha conta o que você sabe ou não – disse o guarda da ponte. Ele ergueu a espada ainda mais alto até que a sua lâmina curva ficou na altura do pescoço de Lief.

– Não! – gritou o garoto. – Espere! – Naquele momento de terror, ele só conseguia pensar no Cinturão de Deltora e no topázio. Se nada fizesse para evitar, aquele gigante de olhos dourados certamente o mataria e tiraria o Cinturão de seu corpo. Talvez, o entregasse a Thaegan. E então Deltora estaria eternamente perdida para o Senhor das Sombras.

"Preciso atirar o Cinturão no abismo", pensou, desesperado. "Preciso me certificar de que Barda e Jasmine me vejam fazê-lo. Assim, eles terão alguma chance de encontrá-lo novamente". Se ele pudesse deter o gigante até conseguir jogar o Cinturão...

– Você é falso e trapaceiro! – ele gritou, deslizando as mãos sob a camisa e procurando o fecho do Cinturão. – Não admira que esteja condenado a guardar esta ponte até que verdades e mentiras se transformem em coisas iguais.

Como esperara, o homem parou. A raiva lhe iluminava o olhar.

– Meu sofrimento não foi conquistado justamente – ele disparou. – Thaegan tomou minha liberdade por pura maldade e me condenou a ficar preso a este pedaço da terra. Se você está tão interessado em verdades e mentiras, jogaremos outro jogo.

Os dedos de Lief ficaram paralisados sobre o Cinturão. Mas a ponta de esperança que percorrera o seu coração diminuiu e desapareceu ao ouvir as próximas palavras do inimigo.

– Jogaremos para decidir de que forma você irá morrer – o homem esclareceu. – Você pode dizer uma coisa, e nada mais. Se o que disser for verdade, vou estrangulá-lo com minhas próprias mãos. Se o que disser for mentira, vou decapitá-lo.

Lief curvou a cabeça, fingindo refletir, enquanto os dedos lutavam secretamente para abrir o Cinturão. O fecho estava emperrado e não abria. Sua mão pressionava o topázio – conquistado a duras penas e prestes a ser perdido, se ele não se apressasse.

– Estou esperando – avisou o guarda da ponte. – Faça a sua declaração.

"Declaração falsa ou verdadeira? Seria melhor ser estrangulado ou decapitado? Nenhum dos dois", pensou Lief, sério. E, então, uma ideia fantástica surgiu-lhe como um raio luminoso.

Olhou com audácia para o homem que aguardava.

– Minha cabeça será cortada – ele disse com clareza.

O homem hesitou.

– E então? – Lief gritou. – Não escutou minha declaração? É falsa ou verdadeira?

Mas ele sabia que o inimigo não tinha a resposta. Se a afirmação fosse verdadeira, o homem certamente o estrangularia, tornando-a falsa. E, se fosse falsa, ele poderia cortar-lhe a cabeça, tornando-a verdadeira.

Enquanto se perguntava como conseguira ter tal ideia naquele momento de pânico, a enorme figura à sua frente soltou um suspiro profundo que o fez estremecer. Nesse momento, Lief arregalou os olhos e gritou, assustado. A carne do homem começava a se encrespar e a derreter, mudando a sua forma.

Penas marrons brotavam em sua pele. Suas pernas encolhiam, os pés se espalhavam e se transformavam em garras. Os braços e ombros poderosos estavam se dissolvendo e assumindo a forma de asas enormes. A espada encurvada estava se tornando um bico curvo e ameaçador.

Em instantes, o homem se fora, e, em seu lugar, encontrava-se um pássaro imenso e orgulhoso de olhos dourados parado sobre o rochedo. Com um grito triunfante, ele abriu as asas, elevou-se no ar e uniu-se aos demais pássaros que pairavam no vento.

Estou fadado a guardar esta ponte até que a verdade e a mentira se transformem numa coisa só.

Lief olhou o pássaro fixamente, o corpo trêmulo. Ele mal conseguia acreditar no que acontecera. O guarda da ponte era um pássaro e fora obrigado a assumir a forma humana pela magia de Thaegan. Ele ficara preso ao solo, como se estivesse realmente acorrentado, por causa da maldade dela.

E a resposta ardilosa de Lief havia quebrado o feitiço de Thaegan. Ele pensara somente em salvar a própria vida, mas quebrara o feitiço da bruxa. O pássaro estava livre, afinal.

Um som interrompeu-lhe os pensamentos acelerados. Ele olhou a ponte e, para seu horror, percebeu que ela começava a se desintegrar. Sem pensar mais, saltou sobre ela, agarrou os corrimões de corda com ambas as mãos e correu como nunca imaginara ser capaz sobre o abismo assustador.

Ele pôde ver Barda e Jasmine parados na beira do penhasco mais adiante, estendendo-lhe os braços. Ouviu suas vozes gritando. Atrás dele, as tábuas chocavam-se umas às outras, soltando-se de suas amarras e mergulhando no rio nas profundezas do abismo.

Lief sabia que em breve a própria corda se soltaria e já a sentia cada vez mais frouxa. A ponte cedia e balançava loucamente enquanto ele corria.

Ele só conseguia pensar em correr mais depressa, mas se encontrava apenas na metade do trajeto e não podia correr rápido o bastante. Agora, eram as tábuas que lhe escapavam de baixo dos pés! Ele tropeçava, caía, as cordas queimando-lhe as mãos que tentavam agarrar-se a elas. Ele pendia no ar, sem ter onde apoiar os pés. E, enquanto se encontrava ali, dependurado, indefeso e açoitado pelo vento, as tábuas à sua frente – as que eram o seu único caminho para a segurança – começaram a resvalar para os lados e caíram no rio.

Dolorosamente, uma mão sobre a outra, ele começou a balançar-se nas cordas frouxas que eram tudo o que restava da ponte, tentando não pensar no que estava abaixo dele, no que aconteceria se ele se soltasse.

"Estou jogando um jogo em Del", ele disse a si mesmo com fervor, ignorando a dor nos punhos fatigados. "Há uma vala enlameada sob meus pés. Meus amigos estão me observando e vão rir se eu cair. Tudo que preciso fazer é continuar – uma mão depois da outra".

Então, ele sentiu um solavanco e soube que as cordas, atrás dele, haviam se soltado do penhasco. No mesmo instante, foi sacudido para a frente e moveu-se rapidamente na direção da pedra nua do penhasco. Em segundos se chocaria contra ela, e seus ossos se despedaçariam na rocha rosada. Ele ouviu o próprio grito e os gritos de Barda e Jasmine, flutuando ao vento. Fechou os olhos com força...

Com um movimento rápido, algo enorme precipitou-se por baixo dele, e o balanço nauseante foi interrompido quando sentiu algo macio e morno no rosto e nos braços. Ele estava sendo erguido cada vez mais para cima, e o forte bater de asas poderosas soava mais alto em seus ouvidos do que o vento.

Em seguida, foi agarrado por mãos ansiosas e tropeçou na poeira do solo firme. Seus ouvidos tilintavam. Ele pôde ouvir gritos e risos que pareciam muito distantes. Contudo, quando abriu os olhos, viu Jasmine e Barda inclinados sobre ele e deu-se conta de que eram eles que gritavam de alívio e felicidade.

Lief sentou-se, fraco e atordoado, agarrado ao chão. Seu olhar encontrou os olhos dourados do grande pássaro que, se não fosse por Lief, ainda estaria preso à terra exercendo a função de guarda da ponte.

Você me devolveu a vida, seus olhos pareciam dizer. *Agora lhe devolvi a sua. Minha dívida com você está paga.* Antes que Lief pudesse falar, o pássaro fez um movimento com a cabeça, abriu as asas e voou, reunindo-se aos companheiros mais uma vez e voando ao lado deles, prescrevendo voltas e gritando, para longe, ao longo do abismo.

— Você sabia que ele era um pássaro — Lief disse a Jasmine mais tarde, enquanto prosseguiam devagar. Embora ainda estivesse dolorido e fraco, havia se recusado a descansar muito tempo. A simples visão dos penhascos o atordoava. Ele queria afastar-se deles o mais depressa possível.

Jasmine confirmou com um gesto e olhou de relance para Kree, que se encontrava pousado em seu ombro ao lado de Filli.

— Eu senti — ela contou. — E senti muita pena dele quando percebi a dor e a ânsia em seu olhar.

— Ele deveria estar atormentado — resmungou Barda. — Mas teria nos matado sem questionar.

— Ele não pode ser censurado por causa disso. Foi condenado a executar a vontade de Thaegan. E Thaegan é um monstro — ela replicou, séria.

O desprezo deixava o olhar dela sombrio, e, ao lembrar-se da charada que quase o levara à morte, Lief pensou que agora sabia o motivo. Ele esperou até que Barda tomasse a dianteira e voltou a falar com Jasmine.

— Você não teme Thaegan por si própria, mas por Kree, não é mesmo? — ele indagou com suavidade.

— Sim — ela confirmou, olhando fixamente para a frente. — Kree fugiu para as Florestas do Silêncio após ter escapado dela, há muito tempo. Ele estava fora do ninho quando ela capturou sua família. Assim, de certa forma, ele é como eu. Eu também era muito jovem quando os Guardas Cinzentos levaram meus pais. Kree e eu estamos juntos há muitos anos. Mas acho que chegou a hora de nos separarmos. Eu o estou conduzindo para o perigo. Talvez para a morte terrível que ele teme mais do que tudo. Não posso suportar isso.

Kree gorjeou baixinho, Jasmine ergueu o braço e fez com que ele pousasse em seu pulso.

– Eu sei que está disposto a arriscar, Kree, mas eu não. Já falamos sobre isso. E eu já tomei minha decisão. Por favor, volte para casa, nas Florestas. Se eu sobreviver, voltarei. Se não, pelo menos você estará em segurança.

Ela parou, ergueu o braço no ar e sacudiu-o levemente.

– Vá! – ordenou. – Vá para casa!

Kree bateu as asas para equilibrar-se e grasnou em protesto.

– Vá! – Jasmine gritou. Ela agitou a mão bruscamente, e Kree foi sacudido de seu pulso. Ele pairou no ar, grasnando, voou em círculo acima deles uma vez e se afastou.

Jasmine mordeu o lábio e continuou a andar sem olhar para trás enquanto Filli guinchava tristemente em seu ombro.

Lief procurou dizer algo que a consolasse, mas não encontrou nada apropriado.

Eles alcançaram um pequeno bosque e começaram a caminhar por uma trilha estreita que atravessava a sombra verde.

– Thaegan detesta tudo o que é bonito, vivo e livre – Jasmine disse, por fim, quando penetraram em uma clareira onde samambaias verdes se aglomeravam e os galhos das árvores formavam arcos sobre suas cabeças. – Os pássaros dizem que no território que cerca o Lago das Lágrimas houve antes uma cidade chamada D'Or – uma cidade parecida com um jardim, com torres douradas, pessoas felizes e flores e árvores em abundância. Hoje é um lugar morto e triste.

Ela agitou a mão, mostrando os arredores.

– Tudo isto aqui vai ficar morto e triste também quando Thaegan e seus filhos tiverem terminado sua obra maligna.

Mais uma vez, o silêncio caiu sobre eles, e, nesse silêncio, deram-se conta do farfalhar das árvores ao redor da clareira.

– Inimigos! – Jasmine sussurrou, alerta. – Inimigos se aproximam!

Lief nada ouvia, mas já aprendera a não ignorar as advertências de Jasmine. As árvores naquele lugar eram estranhas para ela, mas mesmo assim conseguia compreender os seus sussurros.

Ele saltou para a frente e agarrou o braço de Barda. Este parou e olhou ao redor, surpreso.

– Guardas Cinzentos – ela murmurou, o rosto pálido. – Toda uma tropa, e está vindo nesta direção.

O RESGATE

ief e Barda seguiram Jasmine para o alto das árvores. Após a experiência vivida nas Florestas do Silêncio, parecia natural esconder-se acima do solo. Eles subiram o mais alto que puderam, e o som pesado de passos finalmente lhes chegou aos ouvidos. Eles encontraram um lugar seguro e confortável para se instalar enquanto o ruído se intensificava. Envoltos na capa de Lief, que ajudava a ocultá-los, e bem escondidos por uma espessa proteção de folhas, eles observaram quando os vultos vestidos de cinza começaram a marchar pela clareira.

Os três amigos ficaram muito quietos, espremidos de encontro aos galhos. Imaginaram que seria por pouco tempo, somente enquanto os guardas passavam. Por esse motivo, o desalento tomou conta deles ao verem os homens pararem, soltarem as armas e se atirarem ao chão.

Ao que parecia, a tropa escolhera a clareira como local de descanso. Os três trocaram olhares desesperados. Que falta de sorte! Agora teriam de permanecer onde estavam, talvez por horas.

Cada vez mais guardas entravam na clareira. Em breve, ela ficou fervilhante de uniformes cinzentos e vozes ásperas. Então, quando os últimos integrantes da tropa se tornaram visíveis, um som tilintante de correntes acompanhou o das botas em marcha.

Os Guardas escoltavam um prisioneiro.

Lief esticou o pescoço para olhar. O preso tinha uma aparência muito diferente de tudo o que tinha visto antes. Ele era muito pequeno, sua pele enrugada era cinza azulado, suas pernas e seus braços eram finos, os pequenos olhos pretos pareciam botões e um tufo de cabelos ruivos surgia do alto de sua cabeça. Havia uma coleira apertada ao redor de seu pescoço, com uma argola para prender uma corrente ou corda. Ele parecia exausto, e as correntes que pendiam de seus pulsos e tornozelos haviam provocado marcas profundas na pele.

– Eles capturaram um ralad – Barda sussurrou, movendo-se para enxergar melhor.

– O que é um ralad? – Lief quis saber. Ele tinha a impressão de ter ouvido ou lido esse nome antes, mas não lembrava onde.

– Os ralads são uma raça de construtores. Antigamente, eram muito queridos por Adin e por todos os reis e rainhas de Deltora – Barda sussurrou em resposta. – Suas construções eram famosas pela resistência e engenhosidade.

Agora Lief lembrava onde vira o nome: em *O Cinturão de Deltora*, o pequeno livro azul que seus pais o tinham obrigado a estudar. Ele olhou fascinado para o vulto abatido abaixo deles.

– Foram os ralads que construíram o palácio de Del – ele murmurou. – Mas ele é tão pequeno!

– Formigas são minúsculas – Barda resmungou. – E, no entanto, uma formiga pode carregar vinte vezes o próprio peso. Não é o tamanho que importa, mas sim a determinação.

– Silêncio – pediu Jasmine. – Os Guardas vão escutar você. Do jeito que as coisas estão, eles podem perceber nossa presença a qualquer momento.

Entretanto, os Guardas haviam percorrido um longo caminho e estavam cansados. Não estavam interessados em nada além da comida e da bebida que era tirada dos cestos que os líderes haviam colocado no centro da clareira.

Dois deles empurraram o prisioneiro bruscamente para o chão ao lado da clareira, jogaram-lhe uma garrafa de água e voltaram a atenção à própria refeição.

Jasmine observou enojada os guardas avançando sobre a comida e derramando água em suas bocas, fazendo-a escorrer pelo queixo e cair no chão.

Lief, contudo, observava o pequeno ralad, cujos olhos encontravam-se fixos nos restos de comida que eram atirados na grama da clareira. Ele estava visivelmente faminto.

– O magricela está com fome! – zombou um dos Guardas, apontando um osso meio roído na direção do homenzinho. – Aqui, magricela!

Ele se arrastou até onde o prisioneiro estava sentado e estendeu-lhe o osso. O homem faminto encolheu-se e, incapaz de resistir à comida, inclinou-se para a frente. O Guarda atingiu-lhe violentamente o nariz com o osso, tirando-o rapidamente do alcance do prisioneiro. Os demais Guardas contorceram-se de tanto rir.

– Animais! – Jasmine gemeu, esquecendo-se completamente, por causa da raiva, da própria advertência sobre ficarem em silêncio.

– Fique quieta – Barda murmurou, sombrio. – Eles são muitos. Não há nada que possamos fazer. Ainda...

Os Guardas comeram e beberam até não poder mais. Então, escarrapachados descuidadamente como uma massa de vermes cinzentos, deitaram-se de costas, fecharam os olhos e começaram a roncar.

Tão silenciosamente quanto possível, os três companheiros escalaram galho após galho até ficarem exatamente acima do prisioneiro. Ele se encontrava sentado, completamente imóvel, os ombros e a cabeça curvados.

Ele também estaria adormecido? Eles sabiam que não podiam arriscar-se a acordá-lo e assustá-lo. Se ele gritasse, tudo estaria perdido.

Jasmine buscou em seu bolso algumas frutas secas. Com cuidado, ela se inclinou para a frente e atirou-as, de modo que caíssem exatamente diante do prisioneiro imóvel.

Os amigos ouviram-no respirar fundo. Ele olhou para cima, para o céu azul, além do galho em que se encontravam, e, é claro, nada viu. Seus longos dedos cinzentos esticaram-se com cuidado e agarraram o prêmio. Ele olhou ao redor para certificar-se de que não se tratava de outra brincadeira cruel dos Guardas e, então, enfiou as frutas na boca, mastigando-as vorazmente.

Suas correntes tilintaram de leve, mas os vultos que roncavam à sua volta não se mexeram.

– Muito bem – Jasmine murmurou. Ela mirou com cuidado e deixou cair mais algumas frutas diretamente no colo do prisioneiro. Desta vez, ele olhou bem para cima, e seus olhos em forma de botão se arregalaram, assustados, quando viu os três rostos observando-o.

Lief, Barda e Jasmine colocaram os dedos sobre os lábios depressa, avisando-o para ficar em silêncio. Ele não emitiu nenhum som e encheu a boca de frutas enquanto observava os estranhos descendo pelas árvores, com cuidado, em sua direção.

Eles já sabiam que não tinham chance de libertá-lo das correntes sem despertar os Guardas, mas tinham outro plano. Era perigoso, porém não dispunham de outra alternativa. Jasmine e Lief haviam se recusado a deixar o prisioneiro à mercê de seus captores, e não foi necessário muito esforço para convencer Barda. Ele era o único que sabia do povo ralad, e ver um deles na condição de prisioneiro dos Guardas Cinzentos era terrível.

Enquanto Jasmine vigiava da árvore, Lief e Barda escorregaram para o chão ao lado do pequeno homem e fizeram sinais para que não tivesse medo. Trêmulo, o prisioneiro assentiu e fez algo surpreendente. Com a ponta de um de seus dedos finos, desenhou uma marca estranha no chão e olhou para eles com olhar inquisidor.

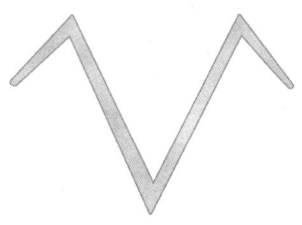

Aturdidos, Lief e Barda olharam um para o outro e novamente para o homenzinho. O prisioneiro percebeu que não tinham compreendido o significado. Seus olhos negros ficaram assustados, e ele apagou o desenho depressa. Mas, ainda assim, ele parecia confiar nos recém-chegados, ou talvez acreditasse que nenhuma situação poderia ser pior do que aquela em que se encontrava. Já que os Guardas dormiam e roncavam como animais, ele permitiu ser rápida e silenciosamente envolto na capa de Lief.

Eles haviam decidido que sua única esperança seria levá-lo com as correntes e tudo o mais. Esperavam que a capa firmemente enrolada impedisse as correntes de se chocar umas contra as outras e alertar os inimigos.

As correntes deixavam o homenzinho mais pesado do que imaginaram, mas Barda não teve dificuldade em erguê-lo e colocá-lo sobre o ombro. Eles sabiam que voltar às árvores carregando aquela carga seria difícil e perigoso, mas o prisioneiro se encontrava deitado muito perto da saída da clareira. Tudo que tinham a fazer era alcançá-la e afastar-se furtivamente e em silêncio.

Aquele era um risco que todos estavam dispostos a correr. E tudo teria dado certo se, talvez durante um sonho, um dos Guardas não tivesse, exatamente naquele momento, se virado e estendido um braço, atingindo um dos companheiros no queixo.

O Guarda atingido acordou com um gemido, olhou furioso ao redor na tentativa de descobrir o que o acertara e viu Lief e Barda fugindo pelo caminho.

Ele deu o alarme com um grito. Em segundos, a clareira parecia viva, cheia de Guardas zangados, despertos de seu sono e furiosos por constatar que o prisioneiro se fora. ~

O TERROR

ivando como animais, os Guardas correram ruidosamente pelo caminho atrás de Lief e Barda. Todos carregavam estilingues e um estoque das bolas venenosas que chamavam de "bolhas". Eles sabiam que, assim que o alvo estivesse claro, e as bolhas pudessem ser atiradas, os vultos que corriam adiante cairiam indefesos e gritando de dor.

Lief e Barda também sabiam disso. E, talvez, também o homenzinho ralad, pois ele gemia, desesperado, enquanto sacolejava no ombro de Barda. Porém, o caminho era sinuoso, e os Guardas os perderam de vista; além disso, o medo deu asas aos pés dos fugitivos, permitindo-lhes manter uma boa dianteira.

Entretanto, Lief sabia que isso não poderia durar. Ele já estava ofegante. Enfraquecido pela experiência penosa no abismo, não tinha a força necessária para escapar do inimigo. Guardas Cinzentos podiam correr dias e noites sem descanso e conseguiam perceber a presença da presa onde quer que estivesse escondida.

Bem às suas costas, ele ouviu um estardalhaço e os gritos zangados de homens caindo. Com um arrepio de gratidão, imaginou que Jasmine os seguira pelas árvores e jogara galhos secos pelo caminho para que seus perseguidores tropeçassem e se atrasassem.

"Seja cuidadosa, Jasmine", Lief pensou. "Não deixe que a vejam".

Jasmine poderia ter ficado escondida e em segurança com Filli. Os Guardas nunca teriam sabido que eram três os estranhos na clareira e não apenas dois. Mas ia contra a sua natureza ver amigos em dificuldades e não fazer nada.

Sobressaltado, Lief a viu saltar com leveza para o solo um pouco adiante. Ele não percebera o quanto ela havia estado próxima deles.

– Criei uma série de obstáculos para eles – ela informou, contente, quando os amigos se aproximaram. – Trepadeiras espinhentas enroladas ao redor de galhos secos em seis pontos do caminho. Isso vai retardá-los. – Os olhos dela brilhavam de satisfação.

– Não pare de andar – grunhiu Barda. – A raiva só vai fazer com que corram mais depressa.

Eles fizeram uma curva, e, para seu desalento, Lief viu que adiante havia um trecho do caminho sem mais nenhuma curva. Ele parecia infindável, reto como uma flecha, perdendo-se na distância.

Os Guardas não poderiam querer um alvo mais perfeito. Assim que atingissem esse ponto, as bolhas começariam a voar, pois eles veriam os inimigos com clareza, por mais longe que estivessem. O coração de Lief saltou no peito, dolorido, enquanto lutava contra o desespero.

– Para o lado – sussurrou Barda, bruscamente deixando a trilha.

As árvores, delgadas, possuíam delicados ramos pendentes, inúteis para escaladas. Um tapete de grama primaveril se espalhava entre elas, e arbustos de ameixas silvestres eram vistos aqui e ali, com suas frutas rechonchudas e roxas brilhando entre as frescas folhas verdes.

Lief nunca vira ameixas silvestres crescendo livremente antes e teve uma visão repentina de como seria agradável vaguear por ali tranquilamente, colher frutas perfumadas e comê-las direto do pé. Isso, sem dúvida, seria o que ele, Barda e Jasmine teriam feito se não tivessem se deparado com a tropa de Guardas Cinzentos e seu prisioneiro no caminho.

Mas eles *haviam* encontrado os Guardas e o prisioneiro. Assim, em vez de usufruir a tarde, estavam correndo para salvar suas vidas.

Lief olhou de relance o pacote que balançava no ombro de Barda. O pequeno ralad não gemia mais, e não havia nenhum movimento entre as pregas da capa. Talvez ele tivesse desmaiado. Talvez tivesse morrido de fome e pânico, e tudo teria sido em vão.

Bruscamente, o caminho começou a se inclinar para baixo, e Lief viu que seus passos os conduziam a um pequeno vale que não era visível da trilha. Ali, as ameixeiras silvestres eram maiores, abundantes, e seu perfume delicioso impregnava o ar.

Jasmine sentiu o cheiro do ar enquanto corria.

– Este lugar é um esconderijo perfeito – ela murmurou, excitada. – O aroma das frutas encobrirá o nosso cheiro.

Lief olhou para trás. A grama pisoteada por seus pés em fuga já tinha retomado a forma anterior, e não havia pistas do caminho que tomaram. Pela primeira vez desde que deixaram a trilha, ele sentiu uma ponta de esperança.

Ele seguiu Barda e Jasmine até o fundo do vale. Enfiaram-se no meio dos arbustos mais altos que suas cabeças, ficando totalmente escondidos. Em silêncio, andaram furtivamente nas sombras escuras e esverdeadas. O solo estava úmido sob seus pés, e, em algum lugar, se ouvia o som gorgolejante de água corrente. Ameixeiras silvestres pendiam em todos os lugares como minúsculas lanternas brilhantes.

Eles estavam ocultos somente há alguns minutos quando Jasmine ergueu a mão em sinal de aviso.

– Posso ouvi-los – ela murmurou. – Estão se aproximando do local em que deixamos a trilha.

Agachado em total silêncio, ouvindo com atenção, Lief finalmente escutou o que os ouvidos sensíveis de Jasmine haviam captado antes dele – o som de pés correndo sobre o solo. O ruído foi ficando cada vez mais forte e então foi interrompido. O primeiro dos Guardas chegara ao final das curvas do caminho, e Lief imaginou que os líderes estavam observando a trilha vazia adiante.

Houve um momento de silêncio. Ele prendeu a respiração ao imaginá-los cheirando o ar e fazendo suposições. Houve um som forte e áspero, talvez uma risada ou um xingamento. Então, para seu imenso alívio e alegria, escutou uma ordem sendo proferida em altos brados e o som de toda a tropa dando meia-volta. Em segundos, os Guardas estavam marchando de volta pelo caminho que haviam percorrido.

– Eles desistiram – ele sussurrou. – Eles acham que conseguimos fugir.

– Pode ser uma armadilha – Barda resmungou, carrancudo.

O som de pés em marcha desapareceu gradativamente, e, embora os três companheiros aguardassem imóveis por vários longos minutos, nada perturbou o silêncio. Finalmente, obedecendo a um sussurro de Jasmine, Filli saltou para a árvore mais próxima e subiu correndo pelo tronco. Momentos depois ele voltou, tagarelando suavemente.

– Está tudo bem – Jasmine garantiu, erguendo-se e se esticando. – Filli não conseguiu vê-los. Eles foram mesmo embora.

Lief levantou-se ao lado dela, relaxando os músculos doloridos com alívio. Apanhou uma ameixa silvestre de um arbusto ao seu lado e mordeu-a, suspirando de prazer quando o sumo doce e delicioso refrescou-lhe a garganta ressecada.

– Há frutas ainda melhores mais adiante – Jasmine informou, apontando.

– Primeiro, preciso verificar como a minha pobre bagagem está passando – Barda se preocupou. Ele desenrolou a capa e embalou o homenzinho nos braços.

– Ele está morto? – Lief perguntou em voz baixa.

– Está inconsciente – Barda respondeu com um gesto. – E não é de surpreender. Os ralads são um povo forte, mas ninguém consegue resistir à fome, à exaustão e ao medo para sempre. Quem sabe por quanto tempo nosso amigo foi prisioneiro dos Guardas ou que distância ele caminhou preso a pesadas correntes, sem direito a comida ou descanso?

Lief fitou o homenzinho com curiosidade.

— Nunca vi ninguém parecido com ele antes — contou. — Que sinal era aquele que ele desenhou no chão?

— Não sei. Perguntaremos quando ele acordar. — Barda resmungou ao erguer o ralad outra vez. — Ele nos causou algumas dificuldades, mas, ainda assim, tivemos sorte em encontrá-lo. Ele pode nos guiar daqui para a frente. A vila de Raladin, de onde ele vem, fica muito perto do Lago das Lágrimas. Vamos procurar um local em que possamos nos sentar confortavelmente e tirar essas correntes.

Eles prosseguiram, abrindo caminho entre os arbustos. Quanto mais penetravam no pequeno vale, mais encantador ele parecia. Uma camada de musgo macio cobria o solo como um tapete verde e espesso, e cachos de flores balançavam em todo lugar. Borboletas de cores vivas pairavam ao redor das ameixeiras silvestres, e o Sol, que se insinuava entre as delicadas folhas das delgadas árvores, derramava uma luz suave verde dourada sobre tudo o que encontrava.

Lief nunca havia visto tanta beleza e, pela expressão de Barda, pôde dizer que o amigo sentia o mesmo. Até Jasmine olhava ao redor com um prazer caloroso.

Eles atingiram uma pequena clareira e deixaram-se cair sobre o musgo, agradecidos. Ali, Barda usou a adaga de Jasmine para cortar a apertada coleira de couro que envolvia o pescoço do homenzinho e romper os elos das correntes. À medida que as retirava, sua expressão mostrava o desagrado diante dos ferimentos e equimoses nos pulsos e tornozelos do homem.

— Não é tão grave assim — Jasmine constatou ao examinar as feridas. Ela apanhou um pequeno frasco do bolso e abriu a tampa. — Eu mesma fiz esse remédio com uma receita de minha mãe — informou, enquanto espalhava um creme verde-claro na pele machucada. — Ele faz a pele cicatrizar depressa e foi muito útil nas... Florestas do Silêncio.

Lief a fitou. Ela olhava para baixo, a testa franzida enquanto recolocava a tampa no frasco.

Ela está com saudades, Lief se deu conta, de repente. *Ela sente a falta de Kree, das Florestas e da vida que levava lá. Assim como eu sinto falta de casa, de meus amigos e de meus pais.*

Não era a primeira vez que sentia uma pontada no coração ao pensar em tudo que ficara para trás em Del. Ele pensou em seu quarto: pequeno, mas seguro, e repleto de tesouros. Ele se lembrou das noites em frente ao fogo, de correr desenfreadamente pelas ruas com os amigos e até mesmo de trabalhar com o pai na ferraria.

De repente, desejou receber uma refeição caseira e quente. Desejou estar numa cama aquecida e ouvir uma voz reconfortante dizendo-lhe boa-noite.

Ergueu-se de um salto, furioso consigo mesmo. Como podia ser tão fraco, tão infantil?

– Se eu não fizer alguma coisa, vou explodir – ele disse em voz alta. – Vou colher algumas ameixas silvestres para nós e juntar lenha para o fogo.

Sem esperar resposta de Barda e Jasmine, caminhou até a borda da clareira e atravessou uma abertura entre duas árvores.

As ameixeiras silvestres estavam ainda mais carregadas ali do que nos locais que tinham visto antes. Ele caminhou entre elas e usou a capa como sacola para guardar as frutas perfumadas que colhia. Havia poucos ramos secos, mas conseguiu apanhar alguns. Até mesmo uma fogueira modesta seria bem-vinda quando a noite chegasse.

Ele prosseguiu a busca, os olhos fixos no chão. Finalmente, tropeçou em um bom pedaço de madeira plana, muito maior do que qualquer outro que vira. Estava úmido e coberto de musgo, mas secaria logo e queimaria assim que o fogo estivesse forte.

Satisfeito, ele o apanhou e o virou para ver do que se tratava. E foi então que notou algo surpreendente, bem diante de seu nariz. Era uma placa – velha, quebrada e maltratada, e certamente feita por mãos humanas.

FOSSO
DIÇA.
ENTRE!

Ao lado da placa um tanto incompreensível, pendurado num galho de árvore, havia um sino de metal.

"Que estranho", Lief pensou. Ele espiou entre os arbustos atrás da placa e deu um salto, surpreso. Bem à a sua frente, havia um trecho de grama verde, macia e brilhante. E, mais além, ao longe, via-se o que parecia uma pequena casa branca com uma chaminé fumegante.

– Barda! – ele chamou com uma voz incerta. – Jasmine!

Ele ouviu-os exclamar e correr em sua direção, mas não conseguiu tirar os olhos da casinha. Quando os companheiros o alcançaram, Lief apontou, e eles abafaram um grito de surpresa.

– Nunca imaginei encontrar pessoas morando aqui – Barda exclamou. – Que boa sorte a nossa!

– Um banho! – Lief gritou, contente. – Comida quente! E talvez uma cama para passarmos a noite!

– O que serão essas palavras antes do "entre"? – indagou Jasmine, olhando a placa. – Muito bem, então. Vamos obedecer.

Lief estendeu a mão e tocou o sino. Este emitiu um som alegre e acolhedor, e, juntos, os amigos correram entre os arbustos até o gramado verde.

Eles haviam dado somente alguns passos quando perceberam que algo estava muito errado. Desesperados, tentaram voltar, mas era tarde demais. Já estavam afundando até os joelhos... os quadris... a cintura...

Sob a superfície verde coberta pelo que imaginaram ser um lindo gramado, nada havia além de areia movediça. ~

Nij e Doj

ebatendo-se, aterrorizados, eles gritaram por ajuda enquanto a areia movediça os sugava para baixo. Já tinham sido tragados até a altura do peito. Logo desapareceriam sob a superfície verde e traiçoeira que agora sabiam ser apenas uma fina camada de alguma planta aquática lodosa.

As frutas e gravetos que Lief carregava haviam se espalhado e afundado sem deixar pistas, mas o grande pedaço de madeira que ele encontrara ainda flutuava na superfície da areia movediça entre os três amigos desesperados. "Ele flutua por ser grande e plano", Lief pensou em meio ao pânico. "Está flutuando onde nada mais flutuaria".

Ouviu-se um grito, e ele viu, correndo da pequena cabana branca, dois vultos gorduchos e grisalhos carregando uma longa vara. A ajuda estava a caminho. Mas, quando chegasse, seria muito tarde. Tarde demais.

A menos que...

Lief estendeu a mão para o pedaço de madeira plano e não conseguiu mais do que tocá-lo com a ponta dos dedos.

– Jasmine! Barda! – ele gritou. – Segurem-se nesse pedaço de madeira. Nas pontas, com delicadeza. Tentem se esticar e esparramar-se, como se estivessem nadando.

Os companheiros o ouviram e obedeceram. Em alguns instantes, os três amigos estavam estendidos ao redor do pedaço de madeira como pétalas de uma flor gigantesca ou os raios de uma roda. No alto do ombro de Jasmine, Filli guinchava aterrorizado, agarrando-se aos cabelos delas com suas patas minúsculas.

Eles não estavam mais afundando. A madeira quase os mantinha numa posição segura, mas por quanto tempo esse equilíbrio iria durar? Se um deles fosse dominado pelo pânico, se o pedaço de madeira se inclinasse para um lado ou outro, deslizaria para baixo da areia movediça, eles afundariam com ele e estariam perdidos.

– A ajuda está chegando! – Lief gemeu. – Fiquem firmes.

Ele não ousou erguer a cabeça para olhar as duas pessoas para que o movimento não perturbasse o equilíbrio. Mas podia ouvir seus gritos entrecortados. Agora, eles estavam muito próximos.

"Oh, depressa", ele implorou em pensamento. "Por favor, corram!"

Ele os escutou chegar à beira da areia movediça, mas não compreendia o que diziam, pois falavam uma língua desconhecida. Contudo, as suas vozes indicavam urgência. Estava claro que queriam ajudar.

– *Acserf enrac!* – dizia o homem, ofegante.

– *Radnufa exied a oãn!* – respondeu a mulher. – *Íad a-erit!*

A areia movediça então se agitou e encrespou. Lief agarrou-se ao seu pedaço de madeira e gritou. O limo esverdeado e a areia cobriram-lhe a boca e o nariz... Então, ele sentiu algo segurá-lo pelas costas, curvando-se sob seus braços, levantando-o e puxando-o para a frente.

Engasgando e cuspindo, ele abriu os olhos. O que quer que fosse que o estava segurando – talvez um enorme gancho de metal – estava preso à ponta de uma longa vara de madeira. Jasmine e Barda também estavam agarrados à vara. Como ele, estavam sendo lentamente içados para terra firme pelos dois velhos que lutavam em conjunto, grunhindo com o esforço.

Não havia nada que os três amigos pudessem fazer para se ajudar. O avanço era exasperadoramente lento. A areia movediça sugava-lhes os corpos, detendo o avanço. Mas os dois velhinhos não desistiam. De rostos afogueados, eles suavam e bufavam, e puxavam a vara com todas as suas forças.

Finalmente, Lief viu Jasmine e Barda sendo libertados das garras da areia. Com um horrível som de aspiração, ela os liberou, e eles caíram juntos no solo seco – molhados, sujos e cobertos de limo.

Momentos depois, chegou a vez dele. Seu corpo saltou da lama para o chão como uma rolha saída da garrafa – tão repentinamente que os dois velhos caíram sentados para trás com força. Ofegantes, eles se abraçaram e riram.

Lief permaneceu deitado, arfando no solo, balbuciando palavras de alívio e agradecimento. O gancho que lhe salvara a vida pressionava-lhe as costas, mas ele não se importou. Constatou que ainda estava agarrado ao pedaço de madeira e riu. Por mais velho e áspero que fosse, também tinha desempenhado o seu papel no resgate. Satisfeito por não tê-lo perdido na areia, Lief sentou-se e olhou ao redor.

Os dois velhos estavam se erguendo e conversavam animadamente entre si.

– *Sovlas oãtse sele!* – gritou a velha mulher.

– *Sovlas e soãs!* – o companheiro concordou.

– O que estão falando? – Jasmine murmurou. – Não entendo uma palavra do que dizem.

Lief olhou para a companheira, que estava com uma expressão ameaçadora.

– Não faça essa cara feia para eles, Jasmine – ele sussurrou, depressa. – Eles salvaram a nossa vida.

– Eles quase *acabaram* com ela, com aquela placa idiota que nos mandou entrar – ela disparou, zangada. – Não sei por que devo me mostrar agradecida.

– Talvez, não tenham sido eles que colocaram a placa – Barda deduziu com calma. – Talvez, ela tenha estado ali há muito mais tempo que eles. Ela parecia muito velha, quebrada e maltratada.

De repente, um pensamento terrível passou pela cabeça de Lief. Ele olhou para o pedaço de madeira que segurava nas mãos. Ele, também, parecia muito velho e tinha as bordas recortadas como se tivesse sido quebrado e separado de um pedaço maior, há muito tempo.

Lentamente, ele limpou o musgo que ainda estava preso a um dos lados. Seu rosto ficou vermelho e quente como fogo quando as palavras e letras desbotadas começaram a se tornar visíveis.

> CUIDADO!
>
> DE AREIA MOVE
>
> NÃO

Mentalmente, encaixou aquele pedaço de madeira à placa do outro lado da areia movediça.

> CUIDADO! FOSSO
>
> DE AREIA MOVEDIÇA.
>
> NÃO ENTRE!

Em silêncio, ergueu o pedaço de madeira para que Jasmine e Barda pudessem ler as palavras. Eles arregalaram os olhos e gemeram ao perceber o erro que haviam cometido e que quase os levara à morte.

Os dois velhos aproximaram-se deles. Quando eles, também, viram o pedaço de placa quebrada, soltaram uma exclamação e pareceram chocados.

— *Mariv sele!* — a mulher gritou.

— *Maibas oãn sele! Satoidi!* — grunhiu o homem. Ele tomou o pedaço de placa das mãos de Lief e sacudiu a cabeça. Então, apontou para o outro lado da areia movediça e fez movimentos, como se estivesse quebrando algo com as mãos.

Lief assentiu com um gesto.

— Sim, a placa de advertência estava quebrada — ele disse, embora soubesse que eles não podiam compreendê-lo. — Fomos tolos por não perceber isso e por termos sido apressados demais.

— A placa está quebrada há anos — murmurou Jasmine, ainda zangada. — O pedaço que caiu está coberto de musgo. Eles deveriam saber. E por que há um sino pendurado na árvore?

— Se há um poço de areia movediça ao redor do terreno deles, talvez eles saiam raramente — Barda murmurou. — Se for esse o caso, como poderiam saber o que acontece lá fora?

A velha mulher sorriu para Lief, um sorriso doce e feliz. Suas bochechas eram rosadas, os olhos, azuis e cintilantes, e ela usava um longo vestido azul. O avental era branco, e os cabelos grisalhos estavam presos em um coque na nuca.

Lief retribuiu o sorriso. Ela lhe lembrava uma figura que vira num dos velhos livros de história que havia na estante de sua casa. Ele se sentia bem e seguro só de olhar para ela. O mesmo ocorria com o velhinho. Seu rosto era bondoso e feliz. A careca no alto da cabeça era circundada por cabelos grisalhos, e, acima da boca, havia um vasto bigode.

— *Nij* – a mulher informou, dando tapinhas no peito e curvando-se levemente. Então ela empurrou o velho para a frente. — *Doj* – apresentou, dando-lhe uma palmadinha.

Lief percebeu que ela estava lhes dizendo seus nomes.

— Lief — ele disse, em troca, apontando para si mesmo. Em seguida, estendeu a mão para Jasmine e Barda e também os apresentou.

A cada apresentação, Nij e Doj se curvaram e sorriram. Eles apontaram a pequena casa branca e, com gestos, mostraram que os três companheiros poderiam se lavar e beber alguma coisa, olhando para o trio com olhar interrogador.

— Mas claro — apressou-se Barda, assentindo com vigor. — Obrigado. Vocês são gentis.

— *Emof moc somatse* — disse Doj, dando-lhe tapinhas nas costas. Ele e Nij riram com vontade como se tivessem dito algo muito engraçado e começaram a caminhar juntos até a casa.

— Você está se esquecendo do pequeno ralad? – perguntou Jasmine em voz baixa enquanto seguiam o casal. – Ele vai acordar e descobrir que partimos. Talvez procure por nós. E se ele também cair na areia movediça?

— Duvido que ele tente nos achar – Barda replicou com calma, dando de ombros. – Ele vai estar ansioso demais para voltar para casa. Embora os ralads sempre viajem para trabalhar em suas construções, detestam afastar-se de Raladin por muito tempo.

Como a garota se deixou ficar para trás e olhava por cima do ombro, a voz dele mostrou irritação.

— Venha, Jasmine! – ele ordenou. – Vão pensar que você gosta de ficar molhada e coberta de limo.

Lief mal ouvia. Ele andava cada vez mais depressa à medida que se aproximava da casinha branca com a chaminé fumegante e o jardim florido. *Lar*, o seu coração lhe dizia. *Amigos. Aqui você pode descansar. Aqui você vai ficar em segurança.*

Barda caminhava ao lado dele, tão ansioso quanto Lief para chegar à casa acolhedora e usufruir o conforto de seu interior.

Jasmine os seguia de perto, com Filli aninhado perto de seus cabelos. Ela ainda tinha a testa franzida. Se Lief ou Barda tivessem prestado atenção nela, ouvido suas dúvidas e suspeitas, eles teriam retardado os passos.

Mas nenhum deles fez isso. E só se deram conta do erro que cometeram depois que a porta verde se fechou atrás deles.

Sustos

Nij e Doj conduziram os três companheiros para uma cozinha grande e iluminada com chão de pedras. Panelas e potes lustrosos pendiam de ganchos acima do grande fogão à lenha, e no centro do aposento havia uma enorme mesa de madeira. O lugar lembrava a Lief a cozinha da ferraria, e ele ficaria feliz se pudesse permanecer ali, especialmente por estar molhado e enlameado, como Barda e Jasmine.

Mas Nij e Doj pareciam chocados com a ideia de ver seus convidados sentarem-se na cozinha e apressaram-se a fazê-los entrar numa aconchegante sala ao lado. Ali, o fogo ardia na lareira, e havia poltronas aparentemente confortáveis e um tapete no chão.

Com muitos acenos e sorrisos, Nij deu a Jasmine, Lief e Barda mantas para se envolverem e os fez sentar perto do fogo. Depois, ela e Doj saíram depressa outra vez, fazendo sinais de que retornariam.

Logo, Lief ouviu ruídos e murmúrios na cozinha e imaginou que os dois velhos estivessem aquecendo água para o banho e, talvez, preparando uma refeição.

— *Revref arap augá ahnop* — Nij dizia, apressada. E Doj ria enquanto trabalhava. — *Everb me acserf enrac!* — ele cantarolou com voz monótona.

Lief sentiu o coração se aquecer. Aquelas pessoas dariam tudo o que tivessem para ajudar estranhos em dificuldades.

– Ele são muito bondosos – comentou, preguiçoso. Pela primeira vez em dias, sentia-se relaxado. O fogo crepitava alegremente, e a manta que lhe envolvia os ombros era reconfortante. Além disso, o aposento o fazia sentir-se em casa. Havia uma jarra com margaridas amarelas no consolo da lareira, exatamente iguais às que cresciam naturalmente perto do portão da ferraria. Acima da lareira pendia um bordado emoldurado, meio encoberto pelas margaridas, certamente feito pelas mãos de Nij.

LAM O AVIU

– Eles são muito bons – Barba murmurou. – É para pessoas como essas que queremos salvar Deltora.

Jasmine fungou. Lief olhou para ela e perguntou-se por que o seu olhar estaria tão agitado. Então, ele se deu conta de que ela nunca estivera em uma casa como aquela antes, nunca conhecera pessoas comuns como Nij e Doj. Ela passara toda a vida nas Florestas, entre as árvores, sob o céu. Não era de surpreender que não se sentisse à vontade ali, em vez de tranquila como ele e Barda.

Filli estava agachado no ombro de Jasmine e cobria os olhos com as patas. Ele também não estava feliz, embora Nij e Doj o tivessem acolhido com alegria, sorrindo e tentando afagá-lo.

– Lief – Jasmine sussurrou quando percebeu que ele a fitava. – O Cinturão está em segurança? O topázio ainda está no lugar?

Lief percebeu, assustado, que tinha esquecido totalmente o Cinturão até aquele momento. Ele o apalpou e ficou aliviado ao constatar que ainda estava bem preso em sua cintura. Ergueu a camisa suja para observá-lo. Os elos de aço estavam cheios de lama e limo. O topázio estava coberto com uma grossa camada de sujeira, e não se podia ver suas luzes douradas. Lief começou a limpar o excesso de sujeira escura que envolvia a pedra. Não parecia certo deixá-la daquela maneira.

Seu trabalho foi interrompido bruscamente quando Doj entrou correndo da cozinha carregando uma bandeja. Lief amaldiçoou a própria imprudência. A manta que o envolvia encobria o Cinturão, mas isso era apenas uma questão de sorte. Nij e Doj eram gentis e bondosos, porém era crucial que a busca pelo Cinturão de Deltora fosse revelada ao menor número de pessoas possível. Ele deveria ter tomado mais cuidado.

Lief permaneceu sentado, quieto, com a cabeça curvada e as mãos fechadas sobre o topázio, enquanto Doj arrumou a bandeja carregada com bebidas e um prato de bolinhos.

— *Tome, seu inútil!* — disse Doj. — *Aproveite a sua última refeição na face da Terra.*

Um calafrio percorreu o corpo de Lief. Estaria ouvindo bem? Estaria sonhando? Arriscou um olhar para Barda e viu que ele sorria, satisfeito. Jasmine também parecia impassível.

Lief sentiu um toque no braço e olhou para cima. Doj sorria para ele e lhe estendia uma xícara do que parecia ser suco de ameixas silvestres. Contudo, com um arrepio de horror, percebeu que o rosto do velho homem estava terrivelmente mudado. A pele estava manchada e coberta de caroços e feridas. Os olhos ficaram amarelos, achatados e frios, como olhos de serpente, e o nariz não passava de dois orifícios negros e largos. A boca que estampava o sorriso forçado era voraz e cruel, com pontas de metal tortas no lugar dos dentes e uma gorda língua azul que escapava e lambia os lábios inchados.

Lief soltou um grito agudo e retraiu-se.

— Lief, o que aconteceu? — Jasmine indagou, alarmada.

— No que você está pensando? — resmungou Barda ao mesmo tempo, olhando de maneira constrangida para o terrível monstro que ainda estendia a xícara.

O sangue fazia a cabeça de Lief latejar. Ele mal conseguia respirar, mas a sua mente funcionava acelerada. Estava claro que seus amigos não viam o mesmo que ele. Para eles, Doj ainda era o velho gentil que Lief também imaginara que fosse.

Mas aquela visão tinha sido uma mentira, uma ilusão criada por alguma mágica maligna. Agora Lief sabia disso. E também sabia que o ser hediondo não deveria descobrir que, pelo menos para ele, o feitiço fora quebrado.

Ele enfiou o topázio por trás da camisa e obrigou-se a sorrir.

– Eu estava cochilando – desculpou-se. – Eu... acordei assustado. Desculpe. – Ele imitou o gesto de dormir e acordar de repente e fingiu rir de si mesmo.

Doj riu também. E foi horrível ver os dentes expostos e brilhantes e a boca gotejante escancarada. O monstro entregou a xícara a Lief e voltou à cozinha.

– *Erpmes arap rimrod oãv sêcov ogoL* – ele disse na porta. Mais uma vez, lambeu os lábios. E outra vez Lief escutou as palavras como realmente eram: *Logo vocês vão dormir para sempre.*

As palavras não pertenciam a uma língua estrangeira, mas eram, sim, palavras comuns ditas de trás para a frente! A cabeça de Lief começou a girar, frases e comentários voltaram-lhe à lembrança, e ele percebeu que todas as sentenças proferidas por Nij e Doj haviam sido invertidas.

Atordoado pelo horror, ele observou Doj sair do aposento. Ouviu-o começar a tagarelar com Nij na cozinha, erguendo a voz e cantarolando a mesma ladainha monótona: *Everb me acserf enrac, everb me acserf enrac!*

– *Carne fresca em breve, carne fresca em breve!*

Todo o corpo de Lief estremeceu como se tivesse sido atingido por um vento gelado. Ele virou-se bruscamente para Jasmine e Barda e, ao fazê-lo, viu o aposento como realmente era.

Encontravam-se numa cela sombria e escura. Pelas paredes de pedra escorria uma água gordurosa. O tapete macio era feito de peles de pequenos animais grosseiramente costuradas umas às outras. E o garoto finalmente conseguiu entender o que o bordado sobre o consolo da lareira dizia.

VIVA O MAL

— Lief, o que está acontecendo?

Ele esforçou-se para desviar a atenção das palavras terríveis e olhou para Jasmine. Ela o fitava, intrigada, a xícara a meio caminho da boca.

— Não... não beba isso! — ele conseguiu dizer.

— Estou com sede — ela protestou, não gostando do que ouvia, e ergueu a xícara.

Desesperado, Lief arrancou-a das mãos dela, e a xícara caiu no chão. Jasmine ergueu-se de um salto, com um grito de raiva.

— Fique quieta! — ele pediu. — Você não compreende. Estamos em perigo aqui. A bebida... não sabemos o que ela contém.

— Você está louco, Lief? — Barda bocejou. — Está uma delícia. — Ele estava recostado nas peles malcheirosas de animais, os olhos parcialmente fechados.

Lief sacudiu-lhe o braço freneticamente, percebendo, desalentado, que o grande homem já tomara metade da bebida.

— Barda, levante-se! — ele implorou. — Eles estão tentando nos drogar. Você já está sentindo o efeito das drogas.

— Bobagem — Barda resmungou com a fala arrastada. — Nunca vi pessoas tão gentis como Nij e Doj. O que você acha? Eles são casados ou irmãos?

Nij, Doj... De repente, os nomes vieram à mente de Lief, e ele os viu, também, como realmente eram.

— São irmão e irmã — ele disse, aborrecido. — Seus nomes não são Nij e Doj, mas sim Jin e Jod. Eles são filhos da feiticeira Thaegan. Eles foram citados nos versos que o guarda da ponte repetiu para mim. Eles são monstros! Quando estivermos dormindo, eles nos matarão e nos comerão!

— Que piada sem graça, Lief — Jasmine se zangou.

Barda apenas conseguiu piscar, preocupado. Ele olhou ao redor do aposento, e Lief soube que tudo o que o amigo via era um lar aconchegante. Os olhos de Barda demonstravam que o medo havia abalado sua capacidade de raciocínio.

– *Everb me acserf enrac, everb me acserf enrac!* – cantarolou o monstro Jod na cozinha. E sua irmã o acompanhou, a voz erguendo-se acima do som do amolador de facas. – *Osoiciled odizoc! Osoiciled odizoc!*

Barda sorriu, sonolento.

– Vê como eles cantam enquanto trabalham? – ele disse, inclinando-se para a frente e dando tapinhas no braço de Lief. – Como você pode achar que eles não são o que parecem? Agora, descanse. Logo você vai se sentir melhor.

Lief sacudiu a cabeça, desesperado. O que iria fazer?

Olhos muito abertos

Lief sabia que tinha de quebrar o feitiço que cegava Barda e Jasmine.

Mas como conseguiria fazer isso? Ele não entendia como conseguira enxergar a verdade. Tudo acontecera tão de repente... Ele estava limpando o topázio quando Doj entrou e...

O topázio!

Algumas frases do pequeno livro azul do pai, *O Cinturão de Deltora*, passearam de maneira vaga pela sua mente.

Ele fechou os olhos e concentrou-se até visualizar a página de que se lembrava.

✝ O topázio é uma pedra poderosa, e sua força aumenta em períodos de Lua cheia. O topázio protege quem o possui dos terrores da noite. Ele tem o poder de abrir portas para o mundo espiritual. Ele fortalece e clareia a mente...

Ele fortalece e clareia a mente!

Lief agarrou o topázio com força, e vários pensamentos lhe vieram à mente. Ele se lembrou de que sua mão estava sobre a pedra quando conseguiu responder o último teste apresentado pelo guarda da ponte. Ele estava limpando o topázio quando percebeu que Doj não era quem aparentava ser.

A pedra dourada era a chave!

Sem se preocupar em explicar, agarrou a mão de Barda e a de Jasmine e as puxou até que tocassem o topázio.

Seus gritos de espanto e aborrecimento mudaram quase instantaneamente para gritos de terror. Seus olhos se arregalaram ao observar o aposento – finalmente, viram o que Lief estava vendo e ouviram as palavras que vinham flutuando da cozinha.

– *Carne fresca em breve! Carne fresca em breve!*

– *Cozido delicioso! Cozido delicioso!*

– Eu não gostei deles nem da casa – sussurrou Jasmine. – E Filli sentiu a mesma coisa. Mas pensei que era por termos crescido nas Florestas e não sabermos como as pessoas do mundo se comportam.

– Eu... – Barda balbuciou e esfregou a testa com a mão. – Como pude ser tão cego?

– Todos ficamos cegos por causa da magia – Lief murmurou. – Mas o topázio fortaleceu e clareou nossas mentes para que pudéssemos resistir ao feitiço.

– Estranhei os Guardas Cinzentos não nos procurarem depois que nos perderam de vista na trilha – Barda murmurou, sacudindo a cabeça. – Agora entendo o motivo. Eles devem ter adivinhado onde estávamos escondidos; sabiam que acabaríamos passando pela areia movediça e que seríamos apanhados por Jin e Jod. Não é de surpreender que tenham rido ao se afastar.

– Jin e Jod são desajeitados e lentos – Lief constatou. – Se não fossem, eles não precisariam de feitiçaria ou de um sonífero para capturar as suas vítimas. Temos uma chance...

— Se pudermos encontrar uma saída — Jasmine se pôs a procurar nas paredes da cela e a correr os dedos pelas pedras gotejantes.

Barda levantou-se com esforço e tentou segui-la, mas tropeçou e segurou-se no braço de Lief para se equilibrar. O grande homem oscilava e estava muito pálido.

— É o efeito da maldita bebida — ele balbuciou. — Não tomei o suficiente para adormecer, mas acho que ela me enfraqueceu.

Ambos escutaram Jasmine sussurrar seus nomes. Ela acenava do outro lado do aposento, e Lief e Barda correram até lá o mais depressa possível.

Ela encontrara uma porta que parecia ser parte da parede. Somente uma pequena fenda indicava o seu contorno. Cheios de uma esperança frenética, eles enfiaram os dedos na fenda e puxaram.

A porta se abriu sem ruído, mas suas esperanças se desvaneceram quando olharam o que havia além.

A porta não conduzia para uma saída, mas para um depósito abarrotado até o teto com uma confusão de objetos. Havia roupas de todos os tipos e tamanhos, mofadas e com manchas de umidade. Havia peças enferrujadas de armaduras, capacetes e escudos. Havia também espadas e adagas sem fio, abandonadas e amontoadas numa pilha enorme. Havia dois baús transbordando de joias e outros dois carregados de moedas de prata e ouro.

Os três companheiros olharam, aterrorizados, percebendo que aqueles eram os bens de todos os viajantes capturados e mortos por Jin e Jod. Nenhuma arma tinha sido suficientemente poderosa, e nenhum lutador esperto o bastante, para derrotá-los.

— A placa quebrada atraiu muitas pessoas para a areia movediça — concluiu Jasmine.

— É uma bela armadilha — Lief concordou, sério. — Os monstros ouvem o sino e correm para puxar quem quer que tenha sido apanhado. As vítimas ficam agradecidas e também veem somente o que Jin e Jod querem que vejam. Assim, não lutam e se dirigem docilmente para a casa...

– Para serem drogados, mortos e devorados – Barda acrescentou, rangendo os dentes. – Como quase aconteceu conosco.

– E ainda pode acontecer – Jasmine lembrou – se não encontrarmos uma saída.

Naquele momento, eles ouviram o leve tilintar do sino. Alguém mais havia lido a placa quebrada. Alguém mais estava prestes a ser apanhado na armadilha de areia movediça.

Por um breve instante, eles ficaram imóveis, paralisados. Então, a mente de Lief recomeçou a trabalhar.

– Voltem para a lareira! – ele sussurrou. – Deitem-se! Finjam estar...

Ele não precisou terminar. Seus companheiros compreenderam e correram de volta a seus lugares, esvaziando as xícaras de suco e jogando-se ao chão.

– *Doj, enrac siam!* – eles ouviram Jin guinchar na cozinha. – *Ohcnag o eugep!*

– *Eteuqnab mu!* – tagarelou o irmão, entusiasmado. – *Odnimrod oãtse áj sortuo so?* – Escutou-se o ruído de uma tampa sendo colocada de volta na panela e o som de pés apressados.

Como Jasmine e Barda, Lief também fingia estar inconsciente quando Jin entrou para inspecioná-los. Ele não se mexeu ao ser cutucado pelo pé dela. Mas, assim que ela grunhiu, satisfeita, e se afastou, ele abriu os olhos levemente e observou-a por entre os cílios.

Ela se virara e se dirigia rapidamente para a porta. Lief só conseguiu enxergar uma massa arqueada de carne de um verde esbranquiçado e nauseante, coberta de pelos negros, e a parte posterior de uma cabeça calva de onde brotavam três chifres eriçados. Ele não conseguiu enxergar-lhe o rosto, e isso o deixou bastante satisfeito.

– *Acaf a arap sotnorp oãtse sele!* – ela anunciou ao deixar a cela, batendo a porta atrás dela. Tremendo, Lief ouviu-lhe os passos na cozinha e o som de outra porta batendo. Depois, o silêncio. Ela e o irmão haviam saído da casa.

– Quer dizer, então, que estamos prontos para a faca? E agora eles vão apanhar outro pobre infeliz em sua armadilha! – Barda balbuciou, erguendo-se, vacilante, e correndo para a porta com os outros.

– Deve ser o pequeno ralad – murmurou Jasmine. Ela correu até a cozinha, seguida de perto pelos companheiros.

Agora que o feitiço tinha sido quebrado, eles viram a cozinha com novos olhos. Ela era escura, fedorenta e suja. O chão de pedra estava emplastrado com sujeira de séculos. Ossos velhos estavam espalhados por toda parte. Num canto mais escuro, havia uma pequena cama de palha embolorada. A deduzir pelo aspecto da corda desgastada presa a uma argola na parede, algum tipo de animal havia dormido ali até pouco tempo atrás, quando conseguiu roê-la e libertar-se.

Os companheiros olharam apenas de relance para esses objetos. A atenção deles se voltou para o grande pote de água fervente no fogão, a enorme pilha de cebolas fatiadas e as duas facas afiadas e longas esperando, preparadas, na mesa engordurada.

Lief olhou o ambiente fixamente, sentindo um embrulho no estômago, e deu um salto quando os seus ouvidos, aguçados pelo medo, captaram um som leve e furtivo vindo das profundezas da casa. Alguém, ou alguma coisa, estava se movendo.

O som também foi ouvido por seus companheiros.

– Vamos sair daqui! – Barda sussurrou. – Depressa!

Eles se arrastaram para fora, ofegantes pelo alívio de finalmente poder respirar ar fresco e limpo, e olharam ao redor com cuidado.

A doce e pequena cabana que imaginavam ter visto era, na verdade, um quadrado volumoso de pedras brancas sem janelas. Os jardins floridos nada eram além de canteiros de cebolas e cardos. Um gramado malcuidado espalhava-se por todos os lados e conduzia sempre até a faixa verde que demarcava o poço de areia movediça.

Ao longe, puderam ver Jin e Jod. Eles gritavam, zangados um com o outro, e mergulhavam a longa vara num ponto da areia movediça em que algo caíra, perturbando a tranquilidade do limo verde antes de afundar e perder-se de vista.

Uma onda de tristeza tomou conta de Lief.

– Eles não chegaram a tempo de salvá-lo. Ele afundou – Barda constatou, a expressão demonstrando sofrimento.

– Muito bem – disparou Jasmine. – Não temos motivos para ficar. Por que, então, estamos parados aqui, se eles podem se virar a qualquer momento e nos ver?

Lief olhou para ela. Ela devolveu o olhar, desafiadora, os lábios firmemente fechados, o queixo erguido. Então virou-se e começou a caminhar depressa ao redor da casa, desaparecendo de vista.

Lief ajudou Barda a segui-la.

Os fundos da casa eram iguais à frente, com uma porta apenas e nenhuma janela. Em todos os lados, estendia-se um gramado ralo que terminava no mesmo trecho de verde brilhante. Mais além, estava a floresta. Mas a areia movediça circundava todo o domínio de Jin e Jod como um fosso.

– Deve haver um meio de atravessar – Lief murmurou. – Não posso acreditar que eles nunca saiam deste lugar.

Jasmine examinou a faixa verde com olhar atento. De repente, ela apontou para um ponto ligeiramente manchado quase no lado oposto da casa. Lá, havia uma enorme rocha na margem.

– Ali! – ela exclamou e começou a correr.

A PASSAGEM

Ão rápido quanto possível e com Barda apoiado ao ombro, Lief correu atrás de Jasmine. Quando, finalmente, eles a alcançaram, ela estava parada ao lado da pedra na beira do fosso de areia movediça. Agora, Lief podia ver o que fazia o limo verde parecer manchado naquele lugar. No meio da vala, flutuava um amontoado de folhas verde-claro com marcas vermelhas - talvez as folhas de alguma planta do pântano.

As bordas das folhas eram retas e, quando se tocavam, encaixavam-se como um quebra-cabeças. Nos espaços entre elas, o verde-claro do limo que cobria a areia movediça aparecia de modo sinistro.

Lief olhou com mais atenção e se deu conta de que as marcas vermelhas nas folhas eram ainda mais estranhas do que lhe pareceram no início. Eram números, letras e símbolos.

Ele apertou o braço de Jasmine.

— Tenho certeza de que há um caminho oculto aqui – ele sussurrou, excitado. – Há pedras sob algumas destas folhas.

— Mas quais? – murmurou Jasmine. – Precisamos estar absolutamente certos. Elas estão bem no centro da areia movediça. Não temos nada comprido o bastante para testar quais folhas são firmes e quais não são. Teríamos de pular sem cometer nenhum erro.

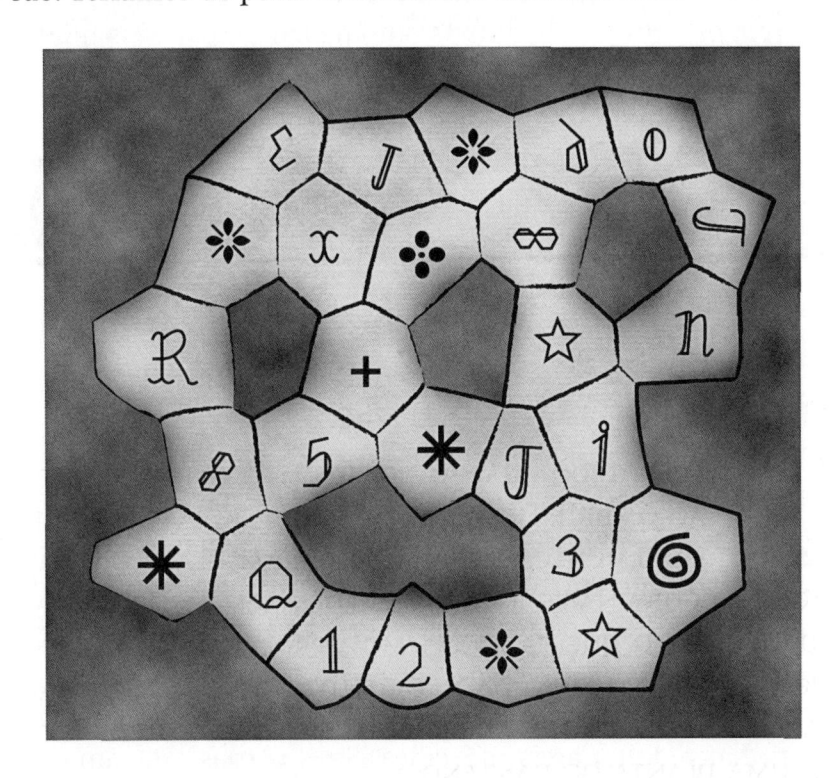

– O topázio, Lief – Barda lembrou. – Talvez ele o ajude...

Ouviu-se um som abafado de raiva vindo da casa. Eles viraram-se bem a tempo de ver a porta abrir-se bruscamente e bater contra a parede. Alguém disparou para fora e avançou pesadamente pela grama na direção deles. Lief gritou, assustado, ao ver de quem se tratava.

Era o pequeno ralad!

– Ele não afundou – Jasmine gritou. – Eles conseguiram salvá-lo, afinal. – O alívio na voz dela deixou claro que, por mais que aparentasse indiferença, ela realmente se importava, e muito, com o destino do pequeno prisioneiro. Ela já apanhava a sua adaga e corria para ajudá-lo.

Pois, naquele momento, ele precisava de ajuda mais do que nunca. Jin e Jod o perseguiam, irrompendo através da porta, gritando de raiva. Jin apanhara um machado, e Jod segurava uma longa vara, que agitava ferozmente de um lado para outro enquanto corria. A cada movimento, o gancho em sua extremidade, ainda gotejante com o limo do mergulho na areia movediça, não atingia o homenzinho por uma questão de milímetros. Mas podia atingir o alvo a qualquer momento.

Lief desembainhou a espada e correu para a frente, deixando Barda parado, oscilando, perto da rocha. Ele não pensou um momento sequer no risco que ele mesmo corria. O perigo enfrentado pelo pequeno ralad era evidente e urgente demais para isso.

Os ataques de Jasmine não conseguiram retardar Jin e Jod. A ponta de sua adaga parecia ricochetear ao tocar a pele rija, e eles mal olhavam para ela. Fervilhavam de raiva e estavam claramente mais interessados em matar o pequeno ralad do que em lutar contra os outros.

Era como se o simples fato de vê-lo os deixasse enraivecidos. Como se o conhecessem.

Agora o homenzinho estava mais perto. Ofegante de terror, ele acenava desesperado para que Lief recuasse, apontando para as folhas sobre a areia movediça perto da grande rocha e então para as próprias pernas.

Lief compreendeu que haviam se enganado quando acreditaram que ele tinha caído na areia movediça. Suas pernas estavam cobertas de lama e limo até os joelhos, mas mais acima seu corpo estava perfeitamente seco e limpo. De algum modo ele atravessara o fosso – talvez exatamente naquele ponto.

"Ele conhece o lugar", Lief pensou. "Ele já esteve aqui antes".

Duas imagens nítidas passaram pela mente de Lief. A terrível coleira ao redor do pescoço do pequeno ralad e a cama de palha embolorada, junto com a corda arrebentada, na cozinha dos monstros.

E, de repente, ele teve certeza de que fora o homenzinho que dormira naquela palha e que a coleira que ele usava estivera presa àquela corda. Não muito tempo atrás, ele fora prisioneiro de Jin e Jod. Ele era pequeno demais, e não valia a pena comê-lo; assim, eles o transformaram em escravo. Mas ele conseguiu escapar, afinal, apenas para ser capturado pelos Guardas Cinzentos.

Lief, Jasmine e Barda deixaram-no adormecido entre as ameixeiras silvestres. Ele deve ter acordado, viu-se sozinho e adivinhou o que tinha acontecido. Ou talvez ele tenha sido despertado pelos gritos e observado, dos arbustos, a captura dos três amigos.

Ele tocou o sino e atirou uma pedra pesada na areia movediça a fim de atrair Jin e Jod para longe da casa. Então, correu para o outro lado da casa e atravessou o fosso. Ele voltou àquele lugar terrível quando poderia ter corrido em busca de segurança. Por quê?

Não havia outro motivo senão o de tentar resgatar os amigos que o salvaram.

Lief se encontrava somente a alguns passos das figuras que corriam. Ele saltou de lado e fez um sinal para que Jasmine o imitasse. Seus pensamentos estavam a mil. Seu plano era esperar o momento certo, saltar entre os monstros e sua vítima; duvidava de que ele e Jasmine pudessem fazer mais do que feri-los, mas isso, pelo menos, daria ao homenzinho uma chance de escapar.

Esse era o objetivo mais importante no momento. Não apenas para o pequeno ralad, mas para todos. O homenzinho de pés enlameados era o único que podia salvá-los. Somente ele podia mostrar-lhes o caminho para atravessar a areia movediça. Apenas ele podia dizer-lhes quais folhas flutuantes poderiam ser pisadas com segurança.

Lief lembrou-se das folhas como as vira, as estranhas marcas vermelhas nitidamente visíveis sobre o fundo verde claro brilhante. E, de repente, abafou um grito.

– Mas ele já nos contou! – ele exclamou em voz alta.

Atônito, o pequeno ralad olhou na direção de Lief e tropeçou. O grande gancho curvo apanhou-o pela cintura, impedindo-o de se mover e respirar. Jod gritou, triunfante, e começou a puxá-lo.

Ao mesmo tempo, porém, a espada de Lief desceu com ruído sobre a vara e cortou-a ao meio. Sem equilíbrio e tomado de surpresa, Jod caiu para trás, derrubando Jin e formando uma massa confusa de carne encaroçada e nauseante.

Jasmine saltou na direção deles com a adaga em riste.

— Não, Jasmine — Lief bradou, apanhando o homenzinho do chão e erguendo-o sobre o ombro. — Deixe-os!

Ele sabia que, agora que tinha descoberto o segredo da passagem, provavelmente a rapidez seria muito mais importante para a salvação deles do que uma luta.

Jin e Jod eram desajeitados, mas muito fortes, e seria um desastre se ele ou Jasmine ficassem feridos. O pequeno ralad nada podia fazer, e Barda se encontrava quase nas mesmas condições. Ambos precisariam de ajuda para sobreviver.

Ele começou a voltar correndo na direção da rocha onde Barda o aguardava, ansioso. Após um instante de hesitação, Jasmine o seguiu, gritando atrás dele. Lief a ignorou até se aproximarem de Barda. Então, ele virou-se para ela, ofegante.

— Você está louco, Lief — ela gritou, zangada. — Agora estamos presos numa armadilha diante desse poço de areia movediça. É o pior lugar possível para ficar e lutar.

— Não vamos ficar e lutar — Lief retrucou com dificuldade, ajeitando melhor o homenzinho em seu ombro. — Nós vamos atravessar para o outro lado.

— Mas em que folhas podemos confiar? — Barda quis saber. — Quais indicam o caminho?

— Nenhuma delas — Lief informou, ofegante. — Os espaços entre elas são o caminho.

Ele olhou por cima da cabeça de Jasmine, e seu coração deu um salto quando viu Jin e Jod se erguendo.

— Jasmine, você vai primeiro — ele a apressou. — Você ajuda Barda. Eu vou atrás com o pequeno ralad. Corra! Eles vão nos alcançar a qualquer momento.

— Os espaços entre as folhas são areia movediça! — Jasmine gritou com voz estridente. — Dá para ver. Se pularmos sobre eles, vamos afundar e morrer.

— Você não vai morrer — retrucou Lief, desesperado. — Você vai morrer se pisar em qualquer outro lugar. Faça o que eu digo! Confie em mim.

– Mas como você sabe que é seguro? – Barda balbuciou, esfregando a testa como se quisesse entender o que se passava.

– O homenzinho me contou.

– Ele não disse uma palavra – Jasmine protestou.

– Ele apontou para esse lugar e então para as suas pernas – Lief gritou. – As pernas dele estão sujas de lama até os joelhos, mas as folhas não afundaram na lama nessa última hora. Elas estão limpas e secas.

Barda e Jasmine ainda hesitavam.

Jin e Jod se aproximavam. A cara branca esverdeada de Jin estava de tal maneira inchada de raiva que seus pequenos olhos quase haviam desaparecido. Presas amarelas lhe saltavam da boca aberta que emitia gritos estridentes. Ela corria na direção deles, o machado erguido no ar, pronta para atacar.

Lief sabia que havia apenas uma coisa que poderia fazer. Respirou fundo, segurou o homenzinho com firmeza e saltou no primeiro intervalo entre as folhas.

Ele mergulhou direto no limo esverdeado. Uma onda de pânico o invadiu, e ele se perguntou se tinha cometido um erro. Ouviu os gritos aterrorizados de Jasmine e Barda, mas então, finalmente, seus pés tocaram uma pedra plana. Ele afundara somente até os tornozelos.

Com esforço, ele libertou o pé direito e avançou para o outro espaço. Mais uma vez afundou até os tornozelos e novamente tocou solo firme.

– Venham – Lief chamou por sobre o ombro e, com alívio, ouviu Jasmine e Barda saltando depois dele.

Jin e Jod guinchavam, furiosos. Lief não se voltou para olhar. Os músculos de suas pernas se retesavam quando erguia os pés e os retirava da areia movediça para seguir em frente. Outro passo, mais outro...

E, finalmente, havia somente a margem oposta diante dele. Grama. Árvores elevando-se em direção ao céu. Com um enorme esforço final, ele saltou. Seus pés atingiram terra firme e, soluçando, aliviado, ele caiu no chão, sentindo o homenzinho rolar de seu ombro.

Arrastando-se, ficou de quatro e virou-se para olhar. Barda se encontrava logo atrás e estava prestes a saltar para a beirada.

Jasmine, entretanto, parara um pouco atrás. Ela estava agachada e tentava atingir algo com sua adaga. Teria o seu pé ficado preso na raiz de alguma planta? O que ela estava fazendo?

Os monstros ainda não haviam alcançado a beira do fosso, mas Jin ergueu o machado sobre a cabeça. Aterrorizado, Lief percebeu que ela iria jogá-lo..

– Jasmine! – ele gritou.

Jasmine olhou para trás e viu o perigo. Ela ergueu-se como um raio, virou-se e saltou para a outra pedra. O machado estalou e girou em sua direção, atingindo Jasmine no ombro no exato momento em que ela pousou os pés no chão. A garota caiu com um grito e escorregou da pedra oculta pelo limo verde, mergulhando na areia movediça, que começou a sugá-la para baixo avidamente.

Raciocínio Rápido

Barda virou-se, vacilante. Abaixou-se e agarrou o braço de Jasmine, tentando içá-la para o seu lado. Contudo, fraco como estava, só conseguiu impedir que ela afundasse ainda mais.

Uivando, triunfantes, Jin e Jod aproximavam-se com dificuldade e alcançariam a grande rocha a qualquer momento. Então...

– Me deixe! – Lief escutou Jasmine gritar para Barda. – Pegue Filli e me deixe aqui.

Barda, porém, sacudiu a cabeça, e Filli agarrava-se tristemente ao ombro dela, recusando-se a se mover.

Desesperado, Lief olhou ao redor e procurou algo que pudesse estender para eles a fim de puxá-los para a margem.

O galho de uma árvore, uma trepadeira... mas não havia trepadeiras, e os galhos das árvores eram grossos e cresciam longe do solo. Ele nunca conseguiria cortar um deles a tempo. Se ao menos não tivesse perdido a corda nas Florestas do Silêncio! Eles haviam perdido tudo ali. Tudo o que tinham eram as roupas do corpo...

As roupas!

Com um gemido de raiva por não ter pensado nisso antes, Lief arrancou a capa que vestia e correu para a beira do poço de areia movediça. Torceu o tecido macio e fez nós nele, transformando-o numa corda espessa.

— Barda! — ele chamou.

Barda virou-se e mostrou o rosto pálido e tenso. Lief segurou com firmeza uma ponta da capa torcida e atirou a outra para o amigo, que a apanhou.

— Dê-a para Jasmine — ele ordenou. — Vou puxá-la para cá.

Mesmo enquanto falava, Lief sabia que a sua tarefa era quase impossível. Jin e Jod haviam alcançado a grande rocha. Zombavam da cena e se preparavam para saltar. Em alguns instantes, estariam sobre a passagem, alcançariam Jasmine e a puxariam de volta, arrancando a capa das mãos de Lief. Ele não conseguiria resistir.

Então, de repente, como num milagre, um vulto negro surgiu aos gritos do céu e se atirou diretamente sobre a cabeça dos monstros.

Kree!

Jin e Jod gritaram, assustados, quando o pássaro preto os atacou, o bico afiado atingindo-os com crueldade. Ele se afastou dos braços que se agitavam no ar e mergulhou outra vez.

Lief puxou a capa com todas as suas forças. Ele sentiu o corpo de Jasmine mover-se devagar em sua direção. Devagar demais. O ataque de Kree prosseguia, mas Jod agora batia nele com a vara quebrada. O pássaro não sobreviveria por muito tempo.

Desesperado, Lief tornou a puxar e sentiu duas mãos perto das suas. Barda chegara à margem e somava suas forças à empreitada. Juntos eles puxaram a capa, enterrando os calcanhares na terra macia. E, à medida que puxavam, o corpo de Jasmine se movia e se aproximava cada vez mais da beirada.

Ela ultrapassara a última das folhas claras e estava quase perto da margem quando Kree gritou. A vara o atingira numa das asas. Ele esvoaçava sem controle e perdia altura.

Uivando como animais e livres dos ataques do pássaro, Jin e Jod pularam juntos na primeira pedra oculta da passagem. Lief viu, de relance, os dentes de metal de Jod rangendo num triunfo furioso.

"Logo eles apanharão Jasmine", ele pensou, alucinado. "Eles irão capturá-la e a nós também. Eles sabem que não iremos abandoná-la, que tentaremos salvá-la se a prenderem..."

Mas Jasmine havia virado a cabeça e olhava por sobre o ombro. Parecia que ela pensava somente em Kree.

– Kree! – ela chamou. – Vá para o outro lado! Depressa!

Apesar do atordoamento e da dor, o pássaro obedeceu a ordem. Ele esvoaçou sobre o fosso mal movendo uma das asas, os pés quase tocando o limo verde. Atingiu a margem e caiu ao chão.

Lief e Barda puxavam a capa, os braços extenuados. Mais uma arrancada, e Jasmine estaria perto o bastante para que a alcançassem. Mais um puxão...

Mas Jin e Jod corriam sobre o fosso na direção deles. As manchas brilhantes de limo verde entre as folhas claras tornavam o trajeto evidente. Eles não hesitavam e se encontravam quase no centro do poço.

Lief observou, horrorizado, os dois irmãos se aproximarem ainda mais, rugindo ferozmente, as mãos crispadas estendidas na direção da presa.

Mas, então, a expressão dos monstros mudou, e eles gritaram. Seus pés afundaram no limo verde, mas não encontraram uma pedra firme abaixo. Assustados e aterrorizados, os dois afundaram como pedras, os braços agitando-se freneticamente enquanto o seu enorme peso os levava para baixo.

Dentro de segundos, tudo se acabou. Os gritos horríveis foram abafados, e eles desapareceram.

Atordoado e trêmulo, Lief estendeu a mão e agarrou um dos pulsos de Jasmine. Barda apanhou o outro, e juntos a arrastaram para a margem. O ombro ferido certamente lhe causava muita dor, pois seus lábios estavam pálidos, mas ela não emitiu um som sequer.

– O que aconteceu? – Barda indagou, sem fôlego. – Como eles afundaram? Havia pedras ali, nós passamos por elas. Como puderam desaparecer?

– Elas não desapareceram – Jasmine murmurou, conseguindo exibir um sorriso sombrio. – Elas estão sob as folhas que cortei e mudei de lugar. Os monstros pisaram nos lugares errados – os lugares em que as folhas flutuavam antes. Eu sabia que eles eram muito burros e que estariam zangados demais para perceber que o padrão havia mudado. Eles simplesmente saltaram de um espaço vazio para outro, como sempre fizeram.

Lief olhou fixamente para o fosso. Ele também não notara a mudança do padrão das folhas. Mesmo agora não conseguia lembrar exatamente como ele era.

Jasmine estremeceu de dor e tirou o minúsculo frasco que carregava pendurado ao pescoço preso a uma corrente. Lief sabia o que havia dentro dele: um pouco do Néctar da Vida que havia curado Barda quando este fora ferido nas Florestas do Silêncio.

Ele pensou que Jasmine iria usá-lo no ombro ferido, mas, em vez disso, ela se arrastou para onde Kree se encontrava deitado. O pássaro preto lutava fracamente sobre um pedaço de terreno arenoso, o bico aberto, os olhos fechados. Uma das asas estava estendida, inútil.

– Você não foi para casa, Kree malvado – Jasmine choramingou. – Você me seguiu. Eu não lhe disse que seria perigoso? Agora a sua pobre asa está machucada. Mas não tenha medo. Logo você vai estar bem.

Jasmine destampou o pequeno frasco e derramou uma gota do líquido dourado sobre a asa quebrada.

Kree emitiu um som áspero e piscou os olhos. Ele moveu-se um pouco e, de repente, ergueu-se, afofou as penas, e esticou ambas as asas, batendo-as vigorosamente e grasnando alto.

Lief e Barda riram com prazer diante da cena. Era muito bom ver Kree bem e forte outra vez, e também ver a expressão radiante de Jasmine.

Ouviu-se um som abafado atrás deles e, ao se virarem, depararam-se com o pequeno ralad sentando-se e piscando os olhos, confuso. Seu tufo de cabelos ruivos estava espetado como uma crista, e o seu olhar percorria, agitado, os arredores.

– Não tenha medo, amigo – tranquilizou Barda. – Eles se foram. Para sempre.

Lief deixou-os e aproximou-se de Jasmine. Ela encontrava-se sentada na grama ao lado do trecho de solo arenoso, enquanto Filli tagarelava em seu ouvido. Ambos observavam Kree planando e voando sobre eles, testando as asas.

— Deixe-me usar o néctar em seu ombro, Jasmine — Lief ofereceu-se, sentando-se ao lado dela.

— Precisamos guardar o néctar para coisas importantes — a garota recusou com um aceno negativo. Ela mergulhou a mão no bolso e tirou o pote de creme que usara para cuidar dos pulsos e tornozelos do pequeno ralad. — Isso será o suficiente para mim — ela completou. — O ferimento não é grave.

Lief quis discutir, mas decidiu não fazê-lo. Ele começava a aprender que era melhor permitir que Jasmine agisse à sua maneira.

O ombro fora seriamente machucado, estava inchado e muito vermelho. Logo ficaria arroxeado. O ferimento no centro era pequeno, mas profundo, certamente provocado pela lâmina do machado.

Tão gentilmente quanto possível, Lief espalhou a pomada verde de cheiro forte no machucado. Jasmine permaneceu muito quieta e não emitiu um som sequer, embora certamente a dor fosse imensa.

Barda aproximou-se deles com o pequeno ralad, que fez um gesto e sorriu para eles, juntando as mãos e fazendo uma reverência.

— Ele se chama Manus e quer agradecer por ter sido salvo dos Guardas e de Jin e Jod — Barda começou. — Ele diz que tem uma grande dívida para conosco.

— Você não nos deve nada, Manus — Lief replicou, devolvendo o sorriso ao homenzinho. — Você também arriscou a sua vida por nós.

Manus curvou-se e, com seu dedo fino e longo, rapidamente fez uma série de marcas na areia.

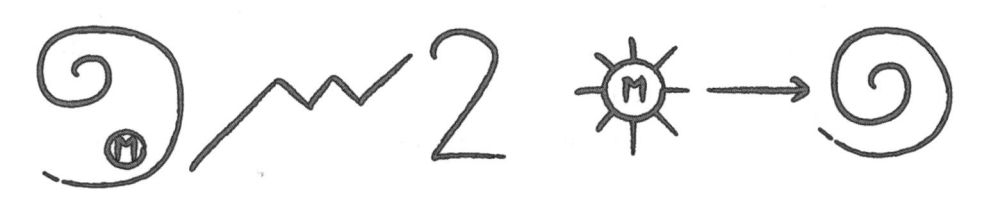

— Vocês me salvaram da morte duas vezes — Barda traduziu, devagar. — Minha vida pertence a vocês.

Manus acenou vigorosamente com a cabeça e foi somente então que Lief percebeu que ele não podia falar.

— Nenhum dos ralads fala — Barda informou rudemente ao notar a surpresa de Lief. — Thaegan cuidou disso há muito tempo. Foi nessa época que ela, por despeito e inveja, criou o Lago das Lágrimas a partir da beleza de D'Or. Os ralads protestaram contra ela, e a feiticeira calou-os. Não só a eles, mas a todos que nasceram depois deles. Não se pronuncia uma palavra sequer em Raladin há cem anos.

Lief sentiu um calafrio. Que tipo de ser louco e maligno era aquela feiticeira? Então, outro fato lhe ocorreu, e ele fitou o fosso de areia movediça. Em algum lugar em suas profundezas, estavam Jin e Jod, com sua maldade paralisada para sempre.

Quanto tempo demoraria para Thaegan descobrir? Um mês? Uma semana? Um dia? Uma hora? Ou estaria ela voando na direção deles, dominada pela ira, naquele exato momento?

Thaegan roubara as vozes de todo um povo porque ele ousara protestar contra ela. Que vingança terrível usaria contra eles três por terem causado a morte de dois de seus filhos?

Corra! Sussurrou uma voz baixa e trêmula em sua cabeça. *Corra para casa, esconda-se na cama e cubra-se com as cobertas. Esconda-se. Fique em segurança.*

Lief sentiu o toque de uma mão em seu braço e, ao erguer o olhar, viu Manus acenando-lhe, ansioso.

— Manus quer estar bem longe daqui antes que o Sol se ponha — Barda disse. — Ele teme que Thaegan venha. Todos precisamos descansar, mas concordei que iremos caminhar o mais depressa possível antes de pararmos. Você está pronto?

Lief respirou fundo, expulsou a voz sussurrante de sua mente e assentiu.

— Sim, estou pronto.

A caminho de Raladin

Naquela noite, eles dormiram sob um conjunto de arbustos de ameixas silvestres bem distante de qualquer riacho ou trilha. Não queriam ser vistos por ninguém que pudesse contar a Thaegan o paradeiro deles.

Estavam com frio e mal acomodados, pois suas roupas ainda estavam úmidas e sujas de lama, porém não podiam se arriscar a acender uma fogueira. Mesmo assim, adormeceram de imediato, exaustos depois de tudo o que passaram.

Algum tempo após a meia-noite, Lief acordou. O luar brilhava fracamente por entre as folhas dos arbustos e formava sombras e manchas de luz no solo. O silêncio os envolvia. Ele se virou e tentou ajeitar-se para dormir novamente. Contudo, embora seu corpo ainda estivesse dolorido devido ao cansaço, vários pensamentos começaram a surgir em sua mente, e o sono não chegava.

Ao seu lado, Manus suspirava e se retorcia, certamente atormentado por sonhos.

Não era de surpreender que isso ocorresse. Usando sinais e a estranha escrita baseada em desenhos de seu povo, Manus lhes contara que fora prisioneiro de Jod e Jin durante cinco longos anos. Ele viajava de Raladin para Del quando, atraído para longe da trilha pelo tentador perfume das ameixeiras silvestres, caiu no fosso de areia movediça e foi capturado.

Lief não suportava pensar no imenso sofrimento de que o homenzinho foi vítima desde então. Barda não conhecia profundamente a escrita dos ralads, mas conseguiu traduzir o bastante para contar a terrível história.

Manus fora forçado a trabalhar como escravo, passara fome e fora surrado e tratado com execrável crueldade. Amarrado à parede da cozinha, fora obrigado a observar, indefeso, Jin e Jod capturar, matar e comer vítima após vítima desamparada. Finalmente ele escapou, somente para ser apanhado pela tropa de Guardas Cinzentos, quando se encontrava perto de casa, e forçado a marchar de volta pelo caminho que percorrera.

Durante cinco anos, ele vivera com medo e horror em companhia da maldade; não era de surpreender que o seu sono fosse assombrado por pesadelos.

Quando Lief lhe perguntou quanto tempo levaria a viagem até Raladin, ele respondeu depressa, rabiscando na terra com o dedo.

☼ ☼ ☼ T ?

— Três dias — Barda concluiu, sério, ao observar os desenhos. — Se Thaegan não nos apanhar primeiro.

Se Thaegan não nos apanhar primeiro...

Lief encontrava-se deitado no chão, encolhido, e tremeu ao pensar na letra "T" e no ponto de interrogação. Onde Thaegan estaria naquele momento? O que estaria fazendo? Que ordens estaria dando?

A escuridão da noite parecia fazer pressão sobre ele. O silêncio era pesado e ameaçador. Talvez, naquele instante, os demônios de Thaegan estivessem se esgueirando em sua direção como sombras trêmulas. Talvez eles estivessem estendendo mãos magras e longas para agarrar pés e tornozelos e arrastá-lo, aos gritos, para longe...

Sua fronte encheu-se de suor. Um gemido de terror ficou preso em sua garganta. Ele lutou para permanecer imóvel e não acordar os demais, porém o medo aumentou dentro dele até sentir que não conseguiria conter um grito.

O topázio protege quem o usa dos terrores da noite...

Lief deslizou a mão para baixo da camisa e apertou os dedos trêmulos contra a pedra dourada. As sombras pareceram diminuir quase de imediato, e o terrível bater descompassado de seu coração desacelerou.

Ofegante, ele virou-se de costas e olhou fixamente as folhas da ameixeira silvestre. A Lua se encontrava em seu quarto crescente. A silhueta negra e orgulhosa de Kree, empoleirado no galho de uma árvore morta, podia ser vista de encontro ao céu estrelado. A cabeça do pássaro encontrava-se erguida, e seus olhos amarelos brilhavam sob o luar.

Ele não estava dormindo. Ele estava alerta, vigilante.

Estranhamente confortado, Lief virou de lado outra vez. "Apenas três dias", ele pensou. "Apenas três dias para chegar a Raladin. E Thaegan não vai nos apanhar. De jeito nenhum".

Ele fechou os olhos e, ainda agarrando o topázio, lentamente deixou que sua mente relaxasse e o fizesse dormir.

Pela manhã, os companheiros se puseram a caminho outra vez. Primeiro, seguiram trilhas estreitas e bem escondidas; depois, pouco a pouco, se viram obrigados a passar por áreas desprotegidas, já que árvores e arbustos rareavam, e o solo ficava cada vez mais árido.

Eles não encontraram ninguém. Vez ou outra, passavam por casas e edifícios maiores onde antigamente se armazenavam grãos e se criavam animais. Todos estavam desertos e em ruínas. Alguns exibiam a marca do Senhor das Sombras.

Certo final de tarde, quando a luz começava a desaparecer, eles escolheram uma casa vazia e montaram acampamento para a noite. Encheram os cantis com água na fonte e serviram-se dos alimentos encontrados que não estavam estragados.

Eles também se apoderaram de outros suprimentos, como cordas, cobertores, roupas, uma pequena pá, um pote para ferver água, velas e uma lanterna.

Lief sentia-se constrangido por pegar objetos que pertenciam a terceiros, mas Manus, que se mostrava aflito diante dos sinais de medo, destruição e desespero em cada casa, balançou a cabeça e apontou para uma pequena marca rabiscada na parede ao lado da janela. Era a mesma marca que ele fizera na terra quando o viram pela primeira vez na clareira.

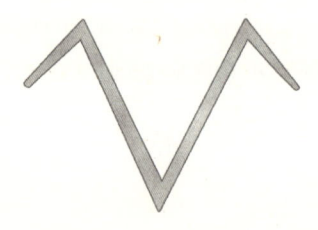

Ele confiava neles o bastante, agora, para contar-lhes o que ela significava. Era o sinal dos ralads que representava pássaro e liberdade. Entretanto, ela se espalhara muito além de Raladin e assumira um significado especial em toda Deltora. Com cuidado, Manus explicou o que representava.

A marca da liberdade se tornara um sinal secreto usado entre os que haviam jurado resistir à tirania do Senhor das Sombras. Por meio dela, reconheciam-se uns aos outros e diferenciavam amigos de inimigos.

Antes que os proprietários daquela casa morressem ou fugissem, eles haviam deixado a marca para ser encontrada por qualquer viajante amigo. Era a única forma de mostrar sua rebeldia diante da derrota e a esperança no futuro. Ela fez Lief compreender que eles teriam ficado satisfeitos em dar qualquer coisa que tivessem para ajudar a causa.

"Foi realmente um acaso feliz encontrar Manus", ele pensou. "É quase como se o destino nos tivesse reunido para atender a um objetivo. Como se nossos passos estivessem sendo guiados por alguma mão invisível".

Ele sentiu-se um tanto envergonhado diante desse pensamento. Como seus amigos em Del, ele sempre zombara dessas conversas. Mas a jornada lhe ensinara que havia muitas coisas sobre as quais seus amigos em Del nada sabiam, e muitos mistérios que ele mesmo ainda estava para compreender.

Na manhã seguinte, eles continuaram a viagem e, agora que sabiam o que procurar, viam a marca da liberdade em todos os lugares. Ela se encontrava desenhada com giz em muros e cercas em ruínas; com pedras no chão; e rabiscada nos troncos das árvores.

Sempre que a via, Lief sentia a esperança aumentar. O sinal era uma prova de que, não importa como as coisas estivessem na cidade de Del, no interior ainda havia pessoas que, assim como ele, estavam dispostas a desafiar o Senhor das Sombras.

Entretanto, Manus ficava cada vez mais sério e preocupado. A visão do território deserto e das casas devastadas fazia com que seus temores em relação ao próprio vilarejo aumentassem a cada passo que dava.

Pelo que Lief entendera, Manus partira quando o seu povo ouviu que o Senhor das Sombras queria mais escravos e que seu olhar estava pousado em Raladin. O Senhor das Sombras ouvira dizer que os ralads eram trabalhadores dedicados, de grande força, e construtores de habilidade incomparável.

Manus fora incumbido de pedir ajuda aos grupos de resistência que os ralads imaginavam existir em Del. Eles não sabiam que a resistência na cidade havia sido dizimada há muito tempo e que as suas esperanças de obter ajuda eram em vão.

Manus estivera fora por cinco anos, anos em que Thaegan destruíra ainda mais a terra. Ele não tinha ideia do que encontraria em Raladin, mas prosseguiu obstinadamente, apressando-se, apesar da exaustão. Ao final do terceiro dia, tudo o que os companheiros conseguiram fazer foi convencê-lo a descansar durante a noite.

Lief se lembraria por muito tempo do que aconteceu na manhã seguinte.

Os amigos se levantaram ao amanhecer e deixaram a cabana onde se abrigaram. Quase correndo, Manus conduziu-os por um campo aberto e mergulhou em um amontoado de arbustos atrofiados que se encontrava adiante.

Ali, havia uma pequena lagoa, alimentada por um riacho borbulhante que descia por algumas colinas suaves. Manus avançou riacho acima, patinando pela água e trotando pela margem. Os companheiros seguiam-no com dificuldade e tentavam não perder o chumaço de cabelos ruivos de vista quando ele se adiantava.

Ele não pronunciou uma palavra. Todos podiam sentir-lhe a tensão à medida que se aproximava do local de que se afastara durante tanto tempo. Quando, porém, finalmente alcançaram uma cachoeira que caía de um grupo de rochas formando um fino véu, ele parou.

Manus virou-se e esperou os amigos, o rosto pequeno completamente inexpressivo. Entretanto, mesmo quando o alcançaram, ele não se moveu.

"Chegamos", pensou Lief. "Mas Manus está com medo de dar o último passo. Ele tem receio do que irá encontrar".

O silêncio parecia interminável. Finalmente, Jasmine falou.

– É melhor ficar sabendo – ela o consolou, em voz baixa.

Manus olhou-a fixamente por alguns instantes. Depois, virou-se bruscamente e mergulhou na cachoeira.

Um a um, os três companheiros o seguiram, estremecendo quando a água gelada os atingiu. À frente deles, havia a escuridão: primeiro, a escuridão de uma caverna; depois outra, mais profunda, de um túnel. Finalmente, viram um brilho suave, ao longe, que aumentava, cada vez mais, à medida que se aproximavam.

Depois, escalaram uma abertura do outro lado da colina, onde foram ofuscados pela brilhante luz do Sol. Uma trilha cascalhosa corria da abertura até um lindo vilarejo composto de casas pequenas e redondas, oficinas e corredores, tudo construído com tijolos, de forma simples, mas habilidosa. Os edifícios circundavam uma praça pavimentada com grandes pedras planas. No centro da praça, uma fonte esguichava água corrente e límpida na direção da luz solar.

Mas não havia luzes nas casas. Aranhas haviam tecido grossas teias sobre as janelas. As portas encontravam-se abertas e rangiam ao oscilar para a frente e para trás na brisa suave.

E não havia mais nenhum movimento. Nenhum.

Música

Eles caminharam com dificuldade pelo caminho de cascalho em direção ao vilarejo e começaram a procurar sinais de vida. Lief e Jasmine investigaram devagar e com cuidado. Seus corações estavam cada vez mais pesados. Manus corria desesperado de uma casa a outra, seguido por Barda, que exibia uma expressão sombria.

Todas as casas estavam desertas. O que não tinha sido levado de seu interior fora destruído.

Quando, finalmente, se encontraram na fonte da praça, o rosto de Manus estava tomado pelo sofrimento.

– Manus acha que o seu povo foi levado para a Terra das Sombras ou está morto – Barda murmurou.

– Talvez os habitantes simplesmente tenham se mudado daqui, Manus – Lief tentou consolá-lo. – É possível que tenham escapado.

O homenzinho sacudiu a cabeça vigorosamente.

– Eles nunca teriam deixado Raladin por vontade própria – Barda afirmou. – Eles sempre viveram aqui.

Ele apontou para as pilhas de lixo e cinzas de fogueiras que pontilhavam as ruas e a praça.

Música

— Lembranças dos Guardas Cinzentos — ele constatou com expressão de repulsa. — Eles devem ter usado o vilarejo para descansar durante algum tempo. E veja quantas teias estão cobrindo as janelas. Eu diria que Raladin está vazia há um ano ou mais.

Manus deixou-se cair na beira da fonte. Seus pés bateram em algo preso entre uma pedra do calçamento e a borda da fonte. Ele se abaixou e apanhou o objeto. Era uma flauta comprida esculpida em madeira. Ele tomou-a nos braços e curvou a cabeça.

— O que vamos fazer? — Lief sussurrou, observando-o.

— Descansar um dia e depois continuar — Jasmine respondeu, dando de ombros. — Já estamos perto do Lago das Lágrimas. Tenho certeza de que Manus irá nos guiar pelo resto do caminho. Não há nada que o prenda aqui.

A voz de Jasmine era fria e monótona, mas desta vez Lief não se deixou enganar, acreditando que ela não se importava com o pequeno ralad. Ele sabia, agora, como a menina costumava ocultar os sentimentos.

De repente, um som maravilhoso e claro encheu o ar. Atordoado, Lief olhou para cima.

Manus aproximara a flauta da boca e tocava. Seus olhos estavam fechados, e ele balançava de um lado para outro.

Lief parecia enfeitiçado pelas notas puras e harmoniosas que lhe enchiam os ouvidos e a mente. Era a música mais maravilhosa que já ouvira. Era como se todos os sentimentos de dor e perda que Manus não podia expressar em voz alta estivessem brotando através da flauta, direto de seu coração.

Lágrimas fizeram os olhos de Lief arder. Em Del, ele nunca chorara, por temer ser considerado fraco. Mas ali, naquele momento, ele não sentiu vergonha.

Ele pôde sentir a presença de Barda, imóvel ao seu lado. Pôde ver Jasmine nas proximidades, o olhar carregado de pena. Filli encontrava-se sentado, assustado, nos braços de sua dona e fitava Manus, maravilhado. Kree estava empoleirado no ombro dela, quieto como uma estátua. Todos se encontravam hipnotizados pelo som que Manus tirava da flauta ao prantear o seu povo.

Exatamente nesse momento, atrás de Jasmine, numa extremidade da praça, Lief notou que algo se movia. Ele piscou furiosamente, imaginando primeiro que os olhos úmidos estavam lhe pregando uma peça. Mas não havia engano. Uma das enormes pedras do calçamento estava se inclinando.

Ele deixou escapar um som sufocado, um grito de alarme preso na garganta. Ele percebeu Jasmine fitá-lo, atônita, e virou-se para olhar para trás.

A pedra se movia, sem ruído, de seu lugar. Debaixo dela, havia um espaço profundo que deixava escapar uma luz calorosa. Algo se movia lá dentro!

De relance, Lief viu uma cabeça com um tufo de cabelos ruivos e pequenos olhos pretos semelhantes a botões espiando para fora. Então, o movimento único e rápido de uma mão cinza azulado de dedos longos empurrou a pedra para o lado. Em instantes, dúzias de ralads saíam para o ar livre e corriam na direção de Manus.

Aturdido e boquiaberto, Lief virou-se e viu que exatamente a mesma coisa ocorria em outros três cantos da praça. As pedras deslizavam para o lado e ralads saltavam dos buracos como pipocas numa panela.

Havia dúzias deles... centenas! Adultos e crianças de todas as idades. Todos batiam palmas, riam e corriam para cumprimentar Manus, que se erguera de um salto, deixando cair a flauta, com o rosto iluminado de alegria.

Horas depois, de banho tomado, bem alimentados e repousando sobre sofás macios e cobertas de samambaias, Lief, Barda e Jasmine observavam, maravilhados, o que os ralads haviam feito em poucos anos.

A caverna era imensa. Lanternas a enchiam com uma luz suave. Havia um córrego em um dos lados cujas águas formavam um lago límpido e profundo. Um ar fresco percorria canos que atravessavam as chaminés das casas e se abriam para o céu. No chão, ficavam cabanas, armazéns e um salão de reuniões. Havia até ruas e uma praça central como a que existia na superfície.

– Que trabalho deve ter dado cavar esta caverna e construir uma vila escondida aqui – Lief murmurou. – É como o túnel secreto que os ancestrais deles construíram sob o palácio em Del. Mas este é muito maior!

– Eu disse que os ralads são construtores incansáveis e inteligentes – Barda concordou. – Falei também que eles nunca abandonariam Raladin. Mas nem eu imaginava que existisse algo assim!

– E, certamente, tampouco Thaegan e os Guardas Cinzentos suspeitam de nada – Jasmine acrescentou com um bocejo, deitada de costas com os olhos fechados. – Os Guardas acampam em cima deste lugar e não têm a menor ideia de que os ralads se encontram abaixo deles.

– *Nós* não tínhamos ideia, até que eles apareceram – Lief retrucou. – E eles somente o fizeram porque ouviram o som da flauta.

Jasmine riu. Ela parecia mais tranquila do que Lief jamais vira.

– É bom. O Senhor das Sombras deve estar muito zangado porque os ralads lhe escaparam entre os dedos. Quanto mais tempo os Guardas procurarem por eles, menos tempo eles terão para criar problemas para nós.

Lief observou Manus, que, cercado pelos amigos, ainda descrevia as aventuras e os perigos que enfrentara desde que os vira pela última vez. Ele rabiscava sinais numa parede da caverna com uma espécie de giz e os apagava quase imediatamente depois de tê-los feito.

– Você acha que Manus vai nos levar até o Lago das Lágrimas? – ele perguntou.

– Vai, sim – Barda garantiu. – Mas não tão já, acho eu. E isso é bom. Uma pausa nos obrigará a descansar, e é de repouso que precisamos, mais do que tudo. – Ele esticou o corpo preguiçosamente. – Eu vou dormir – anunciou. – Ainda é dia, mas quem pode afirmar isso aqui embaixo?

Lief assentiu com um gesto, mas Jasmine não respondeu. Ela já adormecera.

Logo depois, Manus afastou-se da parede e foi com os amigos até a praça no centro da caverna. Parecia que todos os ralads iam se reunir ali. Preguiçosamente, Lief se perguntou o que estariam fazendo e, em instantes, compreendeu.

Uma música suave encheu o ar: era o som de centenas de flautas tocando, juntas, canções de agradecimento, felicidade, amizade e paz. Os ralads comemoravam a volta de um dos seus que imaginavam ter perdido. E Manus estava entre eles, colocando o coração repleto de alegria em sua flauta.

Lief ficou quieto e deixou que as ondas de doçura daquela música o invadissem. Sentiu as pálpebras se fechando e nada fez para impedir. Ele sabia que Barda estava certo. Pela primeira vez, em dias, eles podiam dormir tranquilos, sabendo que estavam seguros, longe de perigos e surpresas. Eles deveriam descansar o máximo possível enquanto tinham oportunidade.

Eles passaram mais três dias em Raladin. Nesse período, aprenderam muito sobre os ralads e seu estilo de vida.

Aprenderam, por exemplo, que aquelas minúsculas pessoas não ficavam no subsolo o tempo todo. Quando era seguro, eles passavam os dia ao ar livre e cuidavam das hortas escondidas nas proximidades. Verificavam e consertavam os canos que levavam ar para a caverna e os alarmes que os alertavam quando pessoas se aproximavam do vilarejo. Ensinavam as crianças a construir e consertar coisas ou simplesmente apreciavam a luz do Sol.

Contudo, eles nunca tocavam a sua música ao ar livre, pois não podiam arriscar-se a serem ouvidos. Eles tocavam somente no subsolo e paravam imediatamente se os alarmes acusavam a chegada de intrusos. Fora um milagre Manus ter encontrado a flauta perto da fonte. Ela tinha sido perdida e esquecida anos atrás, quando os ralads ainda estavam cavando o seu esconderijo secreto. Ela ficara jogada ali, desde então, como que esperando por ele.

Na quarta manhã, os companheiros sabiam que chegara o momento de partir. Eles estavam muito mais fortes, bem alimentados e descansados. O ferimento de Jasmine quase cicatrizara por completo. Suas roupas estavam limpas e secas, e os ralads deram a cada um uma sacola de suprimentos.

Eles subiram à superfície com os corações apertados. Não havia mais motivo para ficar, mas nenhum deles queria ir embora. Aqueles momentos de segurança e paz fizeram com que a tarefa que os esperava parecesse ainda mais sombria e aterradora.

Eles finalmente contaram aos ralads aonde pretendiam ir. Manus lhes havia dito para manter o fato em segredo pelo maior tempo possível, e os três logo descobriram o porquê do pedido.

Os habitantes de Raladin ficaram horrorizados. Eles se agruparam ao redor dos viajantes, recusaram-se a deixá-los passar e agarraram Manus com todas as forças. Seus amigos começaram a rabiscar no chão tão depressa que nem Barda conseguia entender o que estava escrito.

– Sabemos que o Lago das Lágrimas é um lugar enfeitiçado e proibido – Lief lhes disse. – Sabemos que enfrentaremos um grande perigo ali, mas já enfrentamos perigos antes.

As pessoas sacudiram as cabeças, desesperadas diante daquela insensatez. Eles começaram a rabiscar novamente no chão; havia muitos, muitos sinais que representavam maldade e morte, e um sinal, maior que os demais, repetido várias vezes.

– O que isso significa? Do que eles têm tanto medo? – Lief sussurrou para Manus.

Com uma careta, Manus escreveu uma única e nítida palavra na terra.

SOLDEEN

O Lago das Lágrimas

O que significa Soldeen? – Jasmine perguntou, franzindo a testa, mas Manus não pôde ou não quis explicar.

— Seja lá o que for, precisamos enfrentar esse Soldeen – Barda resmungou. – E precisamos enfrentar Thaegan, se ela nos perseguir.

Os ralads se aproximaram ainda mais diante da menção do nome de Thaegan. Todos estavam muito sérios. Era evidente que pensavam que os viajantes não compreendiam o perigo que corriam, e isso significava que Manus estava fadado a morrer com eles, já que estava decidido a ser o guia.

— Não temam – Lief estava sério, tentando tranquilizá-los. – Temos armas e, se Thaegan tentar algum de seus truques conosco, nós a mataremos.

As pessoas sacudiram as cabeças e continuaram a rabiscar. Barda se inclinou, carrancudo, sobre os desenhos.

— Eles dizem que ela não pode ser morta – ele traduziu, afinal, relutante. – A única forma de matar uma bruxa é derramando o seu sangue. E todo o corpo de Thaegan está protegido por uma armadura mágica. Muitos tentaram perfurá-la. Todos fracassaram e morreram.

Lief olhou de relance para Jasmine. Os olhos dela estavam fixos em Kree, que voava no alto, estendendo as asas.

Lief mordeu o lábio e voltou o olhar para os ralads.

— Então nos esconderemos dela — ele garantiu. — Vamos nos esconder, vamos nos esgueirar, vamos fazer tudo que pudermos para evitar que ela perceba a nossa presença. Mas precisamos ir ao Lago das Lágrimas. De qualquer jeito.

O mais alto dos ralads, uma mulher chamada Simone, deu um passo a frente e rabiscou no chão.

???????

— Não podemos contar nossas razões — Barda disse. — Mas, por favor, acreditem que não vamos arriscar nossas vidas por insensatez e imprudência. Nós nos comprometemos com uma busca que trará o bem a Deltora e todo o seu povo.

Simone fitou-o atentamente e então assentiu. Depois disso, os ralads se afastaram e deixaram os viajantes descerem o estreito caminho que serpenteava para longe do vilarejo.

Manus caminhava à frente, de cabeça erguida. Ele não olhou para trás, mas Lief se virou.

As pessoas encontravam-se paradas, imóveis, aglomeradas, observando-os. Suas mãos apertavam o peito na altura do coração. E elas só se moveram depois que os viajantes se perderam de vista.

No meio da tarde, o caminho ficou mais difícil, e as colinas, mais escarpadas. Árvores mortas erguiam galhos brancos e desbotados de encontro ao céu pálido. A grama estalava sob os pés dos viajantes, e os arbustos baixos estavam empoeirados e ressecados.

Apesar de ouvirem ruídos de passos rápidos entre os arbustos e um farfalhar em buracos escuros sob raízes de árvores, eles não viram nem um ser vivo. O ar estava pesado e parado, e parecia difícil respirar. Eles pararam para comer e beber, mas sentaram-se somente por um curto período de tempo antes de prosseguir. Os ruídos de passos eram desagradáveis, e eles tinham a sensação de que estavam sendo observados.

Quando o Sol mergulhou mais fundo no horizonte, Manus começou a caminhar cada vez mais devagar. Seus pés se arrastavam como se ele os obrigasse a se mover. Seus companheiros o seguiam penosamente em fila única, observando o solo que havia se tornado traiçoeiro, repleto de rachaduras e buracos e coberto de pedras. Todos sabiam, sem que lhes dissessem, que estavam se aproximando do final da jornada.

Finalmente, chegaram a um local em que os sopés de duas colinas íngremes e rochosas se encontravam e formavam um caminho em forma de V. Através da abertura, eles podiam ver o céu manchado de vermelho, e o Sol se pondo, rubro como uma bola de fogo, brilhando como um sinal de perigo.

O pequeno ralad parou de repente e apoiou-se a uma das rochas. Sua pele estava cinzenta como o pó, e os olhinhos negros exibiam uma expressão vazia de medo.

– Manus, o lago... – Lief não tinha falado por tanto tempo que a sua voz soou como um grasnado. Ele engoliu e recomeçou. – O lago fica atrás dessas rochas?

Manus fez um aceno positivo com a cabeça.

– Então não há necessidade de você seguir adiante – Barda falou. – Você nos guiou até aqui, e isso é tudo que lhe pedimos. Volte para casa e para os seus amigos. Eles estarão esperando ansiosamente por seu retorno.

Mas Manus juntou os lábios com firmeza e sacudiu a cabeça. Ele apanhou uma pedra e escreveu na rocha.

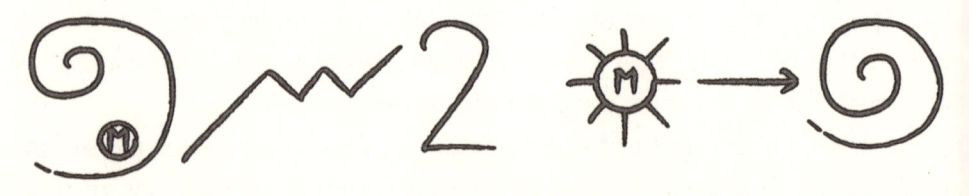

Desta vez, Lief não precisou esperar que Barda traduzisse o que o homenzinho escreveu. Ele já vira a mesma mensagem antes. "Vocês me salvaram duas vezes da morte. A minha vida lhes pertence".

Ele, Jasmine e Barda começaram a falar ao mesmo tempo, mas nada que disseram conseguiu fazer Manus mudar de ideia. Na verdade, os argumentos pareciam aumentar-lhe o ânimo. A respiração dele desacelerou, a cor da pele voltou ao normal, e os olhos parados começaram a brilhar com determinação.

Finalmente, Manus decidiu agir. Ele se virou bruscamente e correu para a abertura entre as rochas, desaparecendo muito rápido. Seus companheiros não tiveram escolha senão correr atrás dele.

Eles atravessaram a passagem estreita em fila única, perto de Manus e uns dos outros, sempre que possível. Os amigos estavam de tal modo concentrados em seu objetivo que se sentiram despreparados para o que viram, quando finalmente chegaram ao final da passagem.

Não muito abaixo deles, havia um lago escuro cercado por margens cobertas de lama espessa e cinzenta, repletas de buracos que pareciam tocas de vermes. No centro, uma rocha limosa gotejava água incessantemente para o lago, fazendo com que ondas lentas e oleosas atravessassem a superfície.

Picos torcidos e estéreis de argila se erguiam além do lago como objetos assombrados. Não se via uma única planta crescendo nos arredores. Não se ouvia nenhum som, exceto o gotejar da água e o suave agitar da lama em movimento. Os únicos cheiros que se sentiam eram o de umidade e de decadência. Aquele era um lugar que lembrava amargura, feiúra, sofrimento e morte.

Lief sentiu o estômago revirar. O nome Lago das Lágrimas assentava-lhe bem. Então, aquilo era o que a feiticeira Thaegan havia feito com a cidade de D'Or, a cidade que Jasmine descrevera como "um jardim". Ele ouviu Barda blasfemando baixinho ao seu lado, e Jasmine sussurrando para Filli e Kree.

Manus apenas olhava fixamente, trêmulo, para o horror de que ouvira falar a vida toda, mas nunca tinha visto. A demonstração da inveja e crueldade de Thaegan. O mal que incitara seu povo a se manifestar e receber uma punição terrível.

— O Cinturão está quente? — Barda murmurou no ouvido de Lief. — Ele parece estar na presença de uma das pedras?

— Precisamos nos aproximar mais — Lief murmurou.

Manus fitou-o, curioso. Eles haviam falado em voz baixa, mas ele ouvira o que haviam dito.

"Ele veio até aqui conosco", Lief pensou. "Precisamos contar-lhe pelo menos alguma coisa do que estamos tentando conseguir. Ele certamente acabará descobrindo no final, se obtivermos êxito".

— Estamos procurando uma pedra especial e achamos que está escondida aqui — ele contou ao homenzinho, com cuidado. — Mas esse é um assunto altamente secreto. Se encontrarmos o que procuramos, você não deve contar para ninguém, aconteça o que acontecer.

Manus assentiu e pousou a mão no coração.

Lentamente, eles desceram as últimas rochas até alcançarem a lama que circundava o lago.

— Essa lama pode não ser segura — Jasmine murmurou, lembrando-se da areia movediça.

— Só há um meio de descobrir — Barda retrucou, dando um passo para a frente. Ele afundou até os tornozelos no lamaçal fino e cinzento, mas isso foi tudo.

Com cuidado, os outros o acompanharam. Eles tiraram as sacolas das costas e caminharam juntos até a beira do lago. Seus pés deixavam buracos fundos onde pisavam. Lief agachou-se e tocou a água com as pontas dos dedos.

Imediatamente, o Cinturão ao redor de sua cintura se aqueceu. O coração de Lief deu um grande salto.

— A pedra está aqui — ele afirmou em voz baixa. — Ela deve estar em algum lugar debaixo da água.

Lief sentiu uma comichão no tornozelo e, distraído, coçou o local com a mão. Os seus dedos tocaram algo que parecia pegajoso como geleia. Ele olhou para baixo e gritou, enojado e aterrorizado. O seu tornozelo estava coberto por enormes vermes brancos, que ficavam ainda maiores e mais escuros por causa do sangue que sugavam. Lief deu um salto e chutou o ar, desesperado, tentando tirá-los.

– Fique quieto! – Jasmine ordenou. Ela saltou para a frente e segurou o pé de Lief com a mão. A boca se torcia, enojada, mas ela começou a puxar um a um os seres que se contorciam e jogou-os para o lado.

Os corpos inchados espalharam-se pela lama cinzenta e pela água, e o estômago de Lief se retorceu, com náuseas, quando outras bocas, de outras criaturas esfomeadas de todos os tamanhos e formas, surgiram do lodo para apanhar os vermes que caíam.

De repente, seres escorregadios que se retorciam, se arrastavam e deslizavam de seus esconderijos deram vida ao lamaçal. Eles lutavam pelos vermes, rasgavam-nos em pedaços e, em segundos, enroscaram-se ao redor dos pés e das pernas dos viajantes, grudando-se a eles ansiosamente a fim de encontrar carne nua e quente com que se banquetear.

Jasmine não pôde mais ajudar Lief. Naquele momento, os ouvidos dele zuniam com os gritos de pânico dela, os de Barda e os próprios. Manus não conseguia gritar. Ele cambaleava, praticamente coberto pelos seres serpeantes: seres sem olhos, seres que não emitiam nenhum som.

Não havia esperanças. Logo eles seriam subjugados e... comidos vivos.

Filli gritava penosamente. Kree, atacando do ar, arrancava as criaturas dos braços de Jasmine e lutava quando eles se enroscavam em seus pés e asas, puxando-o para baixo.

Então, bruscamente, como se obedecessem a algum tipo de sinal, as criaturas ficaram paralisadas e começaram a cair no chão às centenas e a se enterrar na lama. Instantes depois, todas haviam desaparecido.

Um silêncio sinistro envolveu os companheiros.

Trêmula, Jasmine começou a esfregar os braços, as pernas e as roupas, freneticamente, como se ainda sentisse as criaturas viscosas se arrastando sobre o seu corpo.

– O que aconteceu? – Lief perguntou, atordoado. – Por quê?...

– Talvez eles não tenham gostado do sabor... – brincou Barda, dando uma risada nervosa. Ele se virou para estender a mão a Manus, que caíra de joelhos na lama revolvida.

Foi então que Lief notou uma trilha de bolhas que se movia do centro do lago na direção deles. E muito depressa.

— Barda! Jasmine! — ele gritou. Mas os avisos mal lhe escaparam da boca quando a água oleosa se encrespou e das profundezas ergueu-se uma enorme e hedionda criatura.

Lodo gotejava de sua pele. A boca aberta exibia uma fileira de dentes afiados e estava cheia de água, vermes e lama. Espinhos duros e brilhantes brotavam-lhe das costas e dos lados do corpo, saltando como lanças estreitas da carne sob os olhos que pareciam queimar de fome, uma fome voraz e interminável.

O monstro investiu na direção deles e atirou o seu corpo à margem com um rugido sibilante que gelou o sangue de Lief.

Ele sabia que se tratava de Soldeen.

Soldeen

Lief cambaleou para trás, desembainhando a espada freneticamente. Então, percebeu que Barda e Manus eram as vítimas escolhidas pelo monstro. Eles haviam caído e debatiam-se furiosamente na lama, tentando escapar. Entretanto, Soldeen estava quase em cima deles, as mandíbulas terríveis abrindo-se e fechando-se como se fossem uma armadilha enorme e cruel.

Mal sabendo o que fazia, Lief disparou para a frente, gritando para a criatura, cravando a espada no pescoço enorme e espinhoso.

A espada lhe foi arrancada da mão quando Soldeen se virou, a arma ainda presa, trepidante, no couro lodoso. A lâmina era como um espinho para ele, nada mais do que uma coceira irritante, mas ele não estava acostumado a ser desafiado. Agora, além de faminto, estava zangado.

Ele investiu na direção de Lief, a boca escancarada. Lief saltou para trás e caiu pesadamente sobre as sacolas que ainda se encontravam na lama onde haviam sido largadas minutos antes.

Ele ficou deitado de costas, atônito. Ouviu Barda e Jasmine gritando, aterrorizados, para que se levantasse e corresse.

Mas era tarde demais para isso, e ele estava completamente desarmado. Ele não tinha nada para se proteger daquelas mandíbulas terríveis, daqueles dentes afiados. Exceto...

Lief se virou e puxou duas das sacolas pelas tiras. Com toda a força de que era capaz, ele as girou e atirou diretamente para dentro da boca aberta e para o fundo da garganta do inimigo.

Soldeen cambaleou para trás, asfixiado, tentando respirar, sacudindo a grande cabeça de um lado para outro. A sua cauda disparou como um chicote, agitando a água e transformando-a numa espuma lodosa. A espada soltou-se de seu pescoço, virou no ar e caiu na lama aos pés de Lief.

Lief a agarrou, ergueu-se num salto e correu para salvar a sua vida, gritando para que os companheiros fizessem o mesmo. Ele sabia que só tinham alguns instantes para fugir. Soldeen não demoraria a engolir ou expelir as sacolas, tossindo.

Ele olhou para trás somente quando alcançou as rochas. Barda as escalava logo atrás dele, com Manus nos braços. Jasmine, Filli e Kree os seguiam de perto.

E Soldeen deslizava de volta para o Lago das Lágrimas, para as profundezas sombrias, desaparecendo de vista.

A noite caiu. Os companheiros permaneceram nas rochas, relutantes em se afastar do lago, embora temessem outro ataque vindo das águas escuras a qualquer momento.

Os suprimentos de Jasmine e de Barda não existiam mais, pois Lief atirara as sacolas deles sobre Soldeen. Os quatro companheiros se aconchegaram uns aos outros, angustiados, e partilharam os cobertores que restaram e uma refeição úmida que tinha gosto de lama e vermes. Guinchos, sons de passos na lama e do gotejar de água da rocha úmida deixavam os seus nervos à flor da pele.

Quando a Lua surgiu no céu e cobriu o lago com sua luz fantasmagórica, eles tentaram conversar, planejar e decidir o que fazer. Se a pedra estava em algum lugar, na lama, debaixo daquela água escura, como poderia ser encontrada?

Eles poderiam retornar a Raladin em busca de ferramentas apropriadas para tentar drenar o lago. Contudo, tal trabalho levaria meses, e nenhum deles realmente acreditava que sobreviveriam para concluí-lo. Soldeen, as criaturas da lama e a própria Thaegan se encarregariam de fazer com que não sobrevivessem.

Dois deles poderiam tentar atrair Soldeen para a beira da água em uma extremidade do lago, enquanto os outros dois mergulhariam à procura da pedra do outro lado. Mas eles sabiam, no fundo de seus corações, que tal plano estava fadado ao fracasso. Soldeen sentiria o movimento em suas águas, viraria e os atacaria.

Pouco a pouco, à medida que as horas se arrastavam, eles foram ficando em silêncio. A causa parecia perdida. A tristeza profunda que emanava do lugar havia invadido o fundo de suas almas.

Lembrando-se de que os poderes do topázio se intensificavam durante a Lua cheia, Lief pousou a mão sobre ele. A esperança insinuou-se em sua mente, e ele viu as coisas com mais clareza. Nenhuma ideia luminosa ou compreensão fantástica lhe veio à mente: apenas um pensamento fixo. Eles precisavam lutar contra aquela tristeza a todo o custo. Deviam combater o sentimento de que nunca venceriam ou a derrota seria certa.

Eles precisavam de algo que os tirasse do desespero, que lhes desse esperança.

Ele voltou-se para Manus, que se encontrava sentado com a cabeça curvada e as mãos entrelaçadas entre os joelhos.

– Toque a sua flauta, Manus – Lief implorou. – Faça-nos pensar em momentos e lugares diferentes deste.

Manus fitou-o, surpreso, remexeu em sua sacola e retirou a flauta de madeira. Ele hesitou por um instante, depois aproximou o instrumento dos lábios e começou a tocar.

A música ergueu-se em ondas alegres e encheu o ar estagnado de beleza. A flauta falava de água cristalina que escorria na sombra fresca, de pássaros que cantavam em meio à folhagem verde, de crianças que brincavam e amigos que riam, de flores que erguiam as suas faces para o Sol.

Lief sentiu como se um peso mortal lhe fosse tirado dos ombros. Ele viu, nos rostos de Barda e Jasmine e até no do próprio Manus, o nascer de uma esperança. Naquele momento, eles lembraram pelo que estavam lutando.

Ele fechou os olhos para melhor poder sentir a música. Assim, não pôde ver a trilha de bolhas que se formava lentamente na superfície do lago enquanto algo se movia lentamente para a margem.

Então, de repente, a música cessou. Lief abriu os olhos e fitou Manus, surpreso. O homenzinho estava rígido, a flauta ainda junto dos lábios. Seus olhos, arregalados e vidrados de medo, encontravam-se fixos num ponto adiante. Devagar, Lief virou-se para verificar o que lhe chamava a atenção.

Era Soldeen.

Água lodosa escorria-lhe pelas costas, e limo pingava dos orifícios e das protuberâncias de sua pele manchada enquanto ele deslizava para a terra, formando uma grande depressão na água. Ele era imenso, muito maior do que imaginavam. Se investisse contra eles naquele momento, poderia alcançá-los e esmagá-los com um só movimento das terríveis mandíbulas.

No entanto, não os atacou. Ele os observou e esperou.

– Para trás! – Barda balbuciou, apavorado. – Para trás, devagar...

– NÃO SE MOVAM! – foi a ordem dada com voz rouca e grave, fazendo-os congelar.

Assustados, aterrorizados e confusos, eles o olharam fixamente, incapazes de acreditar que fora o monstro que falara. Então, notaram que ele voltava os olhos ardentes para o trêmulo Manus e falava novamente.

– TOQUE! – o monstro ordenou.

Manus obrigou os lábios e dedos a se moverem. Finalmente, a música recomeçou, hesitante e débil, no início, mas ganhando intensidade em seguida.

Soldeen fechou os olhos. Ele ficou totalmente imóvel, metade do corpo para fora da água, como uma estátua hedionda que os encarava enquanto uma mistura de lama e limo lentamente secava em sua pele formando estrias encaroçadas.

Lief sentiu um leve toque na perna. Manus o cutucava com o pé e sinalizava com os olhos. *Esta é a sua chance de escapar*, dizia o olhar do homenzinho. *Suba nas rochas, volte pela passagem enquanto ele está distraído.*

Lief hesitou. Jasmine fez um gesto impaciente com a cabeça. *Vá!*, sua expressão séria lhe dizia. *Você está com o Cinturão. Ao menos você deve sobreviver ou tudo estará perdido.*

Mas era tarde demais. Os olhos de Soldeen abriram-se mais uma vez e desta vez se cravaram em Lief.

— Por que você veio para este lugar proibido? – rosnou o monstro.

Lief molhou os lábios. O que deveria dizer?

— Não tente mentir – Soldeen advertiu. – Pois eu saberei se o fizer e o matarei.

A música da flauta tremulou e parou como se, de repente, Manus tivesse ficado sem fôlego.

— TOQUE! – Soldeen rugiu, sem tirar os olhos de Lief. Trêmulo, o homenzinho obedeceu.

Lief tomou uma decisão.

— Viemos procurar uma determinada pedra que tem um significado especial para nós – ele contou, erguendo o queixo, deixando a voz se sobressair ao som oscilante da flauta. – Ela caiu do céu dentro deste lago há mais de dezesseis anos.

— Não sei nada sobre o passar do tempo – a besta murmurou. – Mas... tenho conhecimento da pedra. Sabia que algum dia alguém viria procurá-la.

Lief se obrigou a prosseguir, embora sentisse a garganta se fechar.

— Você sabe onde ela está? – ele indagou.

— Está em meu poder – Soldeen grunhiu. – É o meu prêmio – a única coisa neste lugar triste e solitário que me consola em meu sofrimento. Você acha que eu deixaria que a levasse sem nada em troca?

— Diga qual é o seu preço! – Barda pediu. – Se estiver ao nosso alcance, nós o pagaremos. Sairemos daqui e encontraremos o que quer que...

— Não é preciso que vocês procurem com que me pagar – Soldeen sussurrou, deixando entrever um breve sorriso. – Eu lhes darei a pedra em troca de... um companheiro – e voltou a imensa cabeça na direção de Manus.

A FEITICEIRA

Lief sentiu um calafrio percorrer-lhe o corpo e engoliu em seco.
— Não podemos fazer isso — ele começou.

— Dê-me o homenzinho — Soldeen disse em voz baixa. — Gosto do rosto dele e da música que ele toca. Ele entrará no lago comigo e ficará sentado na Pedra das Lágrimas. Ele tocará para mim nos dias e noites infindáveis. Ele aliviará a minha dor, enquanto viver.

Lief ouviu Jasmine respirar fundo e olhou ao seu redor. Manus se erguera e estava dando um passo à frente.

— Não, Manus! — Barda gritou, segurando-o pelo braço.

Manus, muito pálido, mas de cabeça erguida, resistiu ao gesto de Barda.

— Ele quer me acompanhar — Soldeen afirmou. — Deixe-o vir.

— Nunca! — gritou Jasmine, segurando o outro braço do homenzinho. — Ele está disposto a se sacrificar por nós, mas não vamos permitir.

— Dê-o para mim ou vou matá-los — Soldeen grunhiu, os espinhos das costas se erguendo. — Vou fazê-los em pedaços, e a sua carne será devorada pelas criaturas da lama até que não reste nada além dos ossos.

Uma onda de raiva que queimava como fogo invadiu Lief. Ele ergueu-se de um salto e pulou na frente de Manus, protegendo-o, enquanto Barda e Jasmine protegiam-no pelos lados.

– Então vá em frente! – ele gritou, embainhando a espada. – Mas, se o fizer, irá matar o seu companheiro também, pois você é grande demais para apanhar somente um de nós.

– VEREMOS! – Soldeen rugiu, atirando-se para a frente. Lief preparou-se para atacar, mas, no último momento, a besta torceu o corpo como uma serpente, e três dos espinhos afiados que havia sob os seus olhos rasgaram a camisa sob o braço de Lief e atravessaram as dobras da capa.

Com um simples movimento da cabeça de Soldeen, Lief foi jogado para o alto e para longe de Manus. Por alguns segundos aterradores, ele pairou no ar, lutando para respirar, enquanto as tiras da capa apertavam-lhe a garganta.

Ele sentiu um rugido nos ouvidos, e uma névoa vermelha surgiu diante de seus olhos. Sabia que dentro de instantes estaria inconsciente. A capa estava firmemente enrolada em seu pescoço, e ele não conseguia soltá-la. Havia somente uma coisa a ser feita. Com as últimas forças que lhe restavam, Lief se virou e se ergueu, agarrando um dos espinhos.

Imediatamente, a tira que o sufocava afrouxou-se. Ofegante, ele se virou de modo a se sentar sobre o espinho e deslizou por ele até estar exatamente sob os olhos do monstro.

A camisa do garoto estava toda rasgada, e ele tremia ao sentir o couro escorregadio e enrugado em sua pele nua. Mesmo assim, ficou ali agarrado, aproximando-se ao máximo, com a espada preparada na mão.

– Arraste-me até a lama e me afogue, se puder, Soldeen – ele balbuciou. – Enquanto isso, meus amigos irão escapar. E eu irei cravar minha espada em seu olho antes de morrer, eu lhe prometo. Você vai gostar de viver neste lugar desagradável cego de um olho? Ou a sua visão nada significa para você?

O monstro ficou muito quieto.

– Deixe o nosso amigo partir, Soldeen – Lief insistiu. – Ele já sofreu muito e somente agora conquistou a liberdade. Veio aqui para nos ajudar. Saiba que não vamos desistir dele. Ele não vai lhe pertencer, não importa o quanto custe.

– Você... morreria por ele... – a besta rosnou, finalmente. – Ele... morreria por vocês. E todos vocês desistiriam de tudo pela causa que defendem. Eu me lembro... acho que me lembro... de uma época em que eu, também... há muito tempo. Há tanto tempo...

Os olhos do monstro se apertaram. Ele começou a balançar de um lado para outro, rosnando e sacudindo a cabeça.

– Algo está acontecendo... – ele gemeu. – Minha cabeça está queimando... tudo está ficando mais claro. Eu vejo imagens de outro tempo, outro lugar. O que fizeram comigo? Que feitiço?...

Somente então Lief se deu conta de que o Cinturão de Deltora e o topázio incrustado nele estavam em contato com a pele da criatura.

– Não se trata de feitiço, mas sim da verdade que você vê – ele sussurrou. – Tudo o que você vê é real.

Os olhos de Soldeen brilharam ao luar, não mais lembrando os de um monstro voraz, mas os de uma criatura invadida por um sofrimento insuportável. De repente, Lief se lembrou dos olhos dourados do guarda da ponte e compreendeu.

– Ajude-nos, Soldeen – ele murmurou. – Liberte Manus e nos entregue a pedra. Por tudo o que você já foi. Por tudo o que você perdeu.

O olhar torturado ficou ainda mais sombrio e pareceu faiscar.

Lief prendeu a respiração. Confusos e assustados, Barda, Jasmine e Manus aproximaram-se um dos outros sobre as rochas, movimentando-se com cuidado.

– Está bem – respondeu Soldeen.

Lief sentiu o olhar dos amigos sobre ele quando Soldeen deslizou de volta ao lago e se afastou da margem. Ele sabia que a sua vida estava por um fio. A qualquer momento, Soldeen poderia mudar de ideia, ficar impaciente ou zangado, jogá-lo na água oleosa, atacá-lo com raiva.

Então, sentiu algo que o fez esquecer o medo e a dúvida. O Cinturão de Deltora se aquecia de encontro à sua pele, indicando que outra pedra estava próxima, muito próxima.

Faltava pouco para Soldeen chegar à Pedra das Lágrimas. A água formara profundas fendas e buracos na superfície lisa. Sob a tênue luz da Lua, a pedra se parecia com uma mulher com a cabeça curvada pelo sofrimento cujas lágrimas caíam por entre as mãos. O coração de Lief bateu mais forte quando ele viu, aninhada em uma das mãos, algo que não pertencia àquele lugar.

Era uma enorme pedra cor-de-rosa escuro. O fluxo gotejante da água ocultava-a totalmente da margem. Mesmo ali, tão perto, mal se podia vê-la.

– Pegue-a – sussurrou Soldeen.

Talvez a criatura já estivesse arrependida de sua promessa, pois virou a cabeça para o lado como se não suportasse olhar, enquanto Lief estendia a mão e retirava a pedra de seu esconderijo.

Lief afastou a mão do rochedo, abriu-a e observou o seu prêmio. Então, lentamente, seu entusiasmo transformou-se em confusão. Ele não tinha dúvidas de que aquela era uma das pedras que vinha procurando, pois o calor emitido pelo Cinturão ao redor de sua cintura era tal que suas roupas úmidas estavam começando a secar.

Mas não se lembrava de que alguma das pedras do Cinturão de Deltora fosse cor-de-rosa. No entanto, essa era a cor da pedra em suas mãos, e parecia que ela ficava cada vez mais clara à medida que a fitava.

Ou seria apenas a luz que mudara? Uma leve nuvem cobrira a Lua, e esta brilhava através de um véu enevoado. Mesmo a luz das estrelas estava mais turva. Lief estremeceu.

– O que aconteceu? – Soldeen grunhiu.

– Nada! – Lief respondeu depressa, fechando a mão novamente. – Já peguei a pedra. Podemos voltar.

Ele se virou e fez um sinal para Barda, Jasmine e Manus, que estavam juntos nas rochas. Ele os viu erguer os braços e ouviu-os emitir sons de triunfo.

"A esmeralda é verde", pensou Lief, quando Soldeen se voltou para nadar de volta para a margem. "A ametista é roxa. O lápis-lazúli é azul-escuro com pontos dourados como estrelas, a opala exibe todas as cores do arco-íris, o diamante é transparente como o gelo, o rubi é vermelho..."

O rubi...

As palavras surgiram-lhe na mente. Ele podia vê-las tão claramente como se a página de *O Cinturão de Deltora* estivesse aberta diante dele.

> ✠ O grande rubi, símbolo da felicidade, vermelho como sangue, fica opaco na presença do mal ou quando o infortúnio ameaça...

"O rubi é vermelho", Lief pensou. "O rubi fica mais claro na presença do mal. E, quando o vermelho clareia, o que mais pode ser, senão cor-de-rosa?"

A pedra em suas mãos era o rubi, sua cor intensa estava esmaecida pela maldade que circundava o lago. Mas ele ficara ainda mais claro nos últimos instantes. Naquele momento, não estava mais escuro do que a palma da mão de Lief.

Um medo terrível o invadiu.

– Soldeen! – ele gritou. – Precisamos...

Naquele momento, porém, o céu pareceu se abrir com uma faixa de luz semelhante a um raio. Acompanhada de um som assustador e retumbante, uma nuvem de fumaça amarela e malcheirosa escapou pela fenda, agitou o lago, transformando-o em um lamaçal, e encheu o ar com vapores espessos e asfixiantes.

No meio da fumaça, pairando acima da água, muito alto, elevou-se um vulto verde brilhante, com cabelos prateados que estalavam e esvoaçavam ao redor de um rosto zombeteiro, como se tivessem vida própria.

– Thaegan! – Foi como se todo o lago murmurasse o seu nome. Como se todas as criaturas e até mesmo as rochas se encolhessem e tremessem.

A feiticeira escarneceu deles.

Ela apontou o dedo mínimo da mão esquerda para Soldeen, e uma lança de luz amarela voou até ele, atingindo-o entre os olhos.

A besta gritou, retorceu-se e rolou de agonia. Lief foi violentamente lançado para o lado. O grande rubi voou-lhe da mão e foi arremessado para o alto. Ele gritou, aterrorizado, tentando inutilmente apanhá-lo, quando mergulhou na água agitada do lago.

A pedra prescreveu um meio círculo e começou a cair. Ofegante, lutando na espuma lodosa, Lief observou, horrorizado, o rubi cair numa fenda profunda da Pedra das Lágrimas e desaparecer de vista.

– Você nunca o terá! – Thaegan gritou, com uma voz áspera de fúria. – Vocês... que ousaram invadir o meu território! Vocês que libertaram uma de minhas criaturas e fizeram outra obedecer a sua vontade! Vocês que mataram dois de meus filhos e zombaram de meu poder! Eu tenho seguido vocês. Encontrei o seu rastro. Agora, vão pagar pelo que fizeram!

Ela ergueu a mão mais uma vez, e Lief sentiu-se atirado para a beira do lago. Uma água malcheirosa entrou-lhe nos olhos, nariz e boca. Criaturas abomináveis, lutando por suas vidas, como ele, chocavam-se contra o seu rosto e seu corpo e eram esmagadas.

Perto de se afogar, ele foi lançado para a margem. Arrastou-se, tossindo, sufocado pela espuma lodosa, mal ciente de que Barda, Jasmine e Manus corriam em sua direção.

Eles o ergueram e começaram a arrastá-lo até as rochas.

Mas Thaegan já se encontrava lá, barrando-lhes o caminho, os cabelos prateados esvoaçando na fumaça, o corpo emitindo um brilho esverdeado.

– Vocês não podem escapar de mim – ela murmurou. – Nunca!

Barda atirou-se de encontro a ela, a espada apontada direto para o coração da feiticeira.

– Uma gota de seu sangue, Thaegan – ele gritou. – Uma gota, e você será destruída! – Mas a feiticeira deixou escapar um riso agudo quando a lâmina desviou-se para o lado antes de tocá-la, e Barda foi atirado para trás, caindo sobre a lama. Kree grasnou quando Jasmine saltou para a frente, a fim de tomar o lugar do amigo, somente para ser derrubada com força ainda maior, caindo sobre Lief e Manus e levando ambos para o chão com ela.

Indefesos, eles rolaram na lama e lutaram para se erguer.

Thaegan sorriu maldosamente, e Lief sentiu um embrulho no estômago quando o belo rosto da bruxa transformou-se, deixando transparecer todo o horror cruel que se escondia debaixo dele.

– Agora, vocês estão onde merecem – ela disparou. – Aos meus pés, arrastando-se na lama.

Kree grasnou novamente e voou até ela, tentando atingi-la com as asas. Ela se virou para o pássaro, como se o notasse pela primeira vez, e seus olhos brilharam, vorazes.

– Kree! Afaste-se dela! – Jasmine gritou.

Thaegan riu e voltou-se para fitá-los.

– Vou guardar o pássaro preto para o meu próprio prazer – ela avisou. – Mas, vocês... vocês nada saberão do sofrimento dele.

Rangendo os dentes, ela observou suas vítimas com olhos repletos de ódio e triunfo.

– Vocês irão se tornar parte de minha criação. Logo, esquecerão tudo que lhes foi querido. Sentindo aversão por sua própria feiura, alimentando-se de vermes no frio e na escuridão, vocês irão rastejar no lodo e no limo com Soldeen, para sempre.

A LUTA PELA LIBERDADE

Thaegan ergueu a mão esquerda bem acima da cabeça. O punho, verde, brilhante e duro como vidro, estava firmemente cerrado. A fumaça amarela formou um redemoinho quando Kree mergulhou furiosa e inutilmente ao redor da cabeça dela. Lief, Barda, Jasmine e Manus cambalearam, juntos, tentando correr. Rindo de seu pavor, Thaegan ergueu o dedo mindinho, pronta para atacar. A ponta do dedo, branca como osso, brilhava através da escuridão.

Como uma flecha negra, Kree lançou-se de dentro da fumaça. Com um movimento cruel, o seu bico investiu repetidas vezes contra a ponta do dedo desbotado.

A feiticeira gritou de raiva, susto e dor, sacudindo a mão até jogá-lo para o lado. Entretanto, o sangue vermelho escuro, quase negro, já brotava do ferimento e pingava lentamente no chão.

Thaegan arregalou os olhos, incrédula. O seu corpo estremeceu, contraiu-se e ficou tão amarelo quanto a fumaça que ainda pairava ao seu redor. Sua face transformou-se numa massa turva, derreteu e assumiu uma nova forma diante do olhar aterrorizado de suas vítimas.

Então, com um chiado forte e sibilante, ela começou a murchar, a enrugar e a encolher como se fosse uma fruta estragada deixada ao Sol.

Com o rosto na lama, Lief envolveu a cabeça com os braços para não ver a cena horripilante e abafar o terrível som. Ele escutou Soldeen rugir e gritar no lago, de triunfo ou terror. Então, com um ronco baixo e aterrorizante, a terra começou a tremer e ondular. Ondas geladas se atiraram em suas costas, quando as águas do lago se ergueram e caíram de encontro à margem.

Aterrorizado com a ideia de ser sugado de volta para o fundo, Lief se jogou para a frente, arrastando-se cegamente em meio às ondas. Ele pôde ouvir as vozes indistintas de Jasmine e Barda chamando, procurando um ao outro, por Manus e por ele. As pontas de seus dedos tocaram os rochedos, e, com um último e desesperado esforço, ele se arrastou para terra firme, fora do redemoinho de lama. E ali ficou, respirando com dificuldade e com a garganta dolorida.

De repente, tudo ficou em silêncio.

Com a pele formigando, Lief ergueu a cabeça. Barda e Manus encontravam-se deitados perto dele, pálidos, mas vivos. Jasmine estava encolhida um pouco mais adiante, tendo Kree em seu pulso, e Filli, ensopado e sujo, nos braços. No lugar onde Thaegan estivera, não havia nada além de uma mancha amarela sobre a rocha.

A feiticeira estava morta. Ao simplesmente tentar impedi-la de lançar um feitiço, Kree a ferira no ponto desprotegido de seu corpo, a ponta do dedo que usava para espalhar sua mágica cruel.

Mas aquilo não era o fim. Lief podia sentir que algo mais estava prestes a acontecer. As nuvens haviam desaparecido, e a Lua cheia inundava a Terra com uma radiante luz branca. O próprio ar parecia oscilar.

E havia o silêncio! Era como se a Terra tivesse prendido a respiração e esperasse...

Lentamente, Lief virou-se para ver o que havia atrás dele.

A tormenta quase esvaziara o lago. Agora, era apenas uma ampla poça de água rasa que brilhava sob o luar. Um grande número de criaturas lodosas encontrava-se deitada, retorcida, nas extremidades e nas margens achatadas.

Soldeen encontrava-se no centro, ao lado da Pedra das Lágrimas. Ele estava imóvel, de cabeça erguida, olhando fixamente para a Lua como se a visse pela primeira vez. Enquanto Lief observava, ouviu-se um suspiro longo e sussurrante. Então, Soldeen simplesmente... desapareceu, e, em seu lugar, surgiu um homem alto e dourado com uma longa cabeleira.

A Pedra das Lágrimas estremeceu e rachou de cima a baixo. As duas metades se desfizeram numa nuvem de pó fina e cintilante. Uma mulher surgiu da nuvem brilhante, dourada como o homem, mas com cabelos negros como a noite. Em sua mão, erguia uma enorme pedra vermelha.

Lief ergueu-se com esforço. Ele quis gritar, berrar, manifestar sua surpresa, incredulidade e alegria, mas não conseguiu proferir um som sequer. Apenas olhou fixamente quando o homem e a mulher se deram as mãos e, juntos, começaram a caminhar na direção dele através da água.

E, à medida que andavam e olhavam ao redor, com o olhar maravilhado dos que ainda não acreditam na própria felicidade, tudo começava a mudar.

A terra secou, e grama e flores nasceram sob seus pés. Cor e vida surgiam a cada passo, cobrindo a terra morta até onde os olhos podiam enxergar. Tocos retorcidos e rochas nuas transformaram-se em árvores de todos os tipos. A argila que cobria os picos irregulares caiu aos pedaços, revelando torres brilhantes, casas magníficas e fontes de água cristalina. O som puro e doce de sinos impregnou o ar.

Ao redor das margens do lago, criaturas se dissolviam e renasciam. Pessoas douradas surgiam do solo, atordoadas por seu longo sono, murmurando, chorando e rindo. Pássaros afofavam as asas e levantavam voo, cantando alegremente. Insetos zumbiam, animais peludos os observavam e saltavam, pulavam e disparavam pela grama.

Lief sentiu Barda, Jasmine e Manus pararem atrás dele. O homem que fora Soldeen e a mulher que partilhara seu longo sofrimento não estavam longe dos quatro amigos agora. Mas, ainda assim, Lief mal acreditava em seus olhos.

— Será verdade? — ele murmurou.

— Se não for, todos estamos vivendo o mesmo sonho — respondeu uma voz jovial e desconhecida. Ele se virou abruptamente e viu Manus, sorrindo para ele.

— Manus, você pode falar! — A sua própria voz, desafinada e aguda, demonstrava a sua surpresa.

— Claro! Com a morte de Thaegan, todos os seus feitiços foram desfeitos — respondeu Manus, alegre. — Os povos de Raladin e D'Or não serão os únicos nestas terras com motivos para mostrar gratidão ao seu galante pássaro preto, pode acreditar.

Empoleirado orgulhosamente no pulso de Jasmine, Kree grasnava e estufava o peito.

— E gratidão a você. — A voz grave e calma era nova para Lief, no entanto, havia algo familiar nela. Ele virou-se para encontrar os olhos firmes e cinzentos do homem que fora Soldeen.

— Conhecemo-nos antes como inimigos — o homem começou. — Agora, finalmente, conhecemo-nos como amigos. — Seu olhar cinzento se aqueceu. — Eu sou Nanion, e esta é minha mulher, Ethena. Somos os governantes de D'Or e lhe devemos a nossa liberdade.

A mulher sorriu, e sua beleza parecia a de um radiante céu de verão. Lief piscou, atordoado, e se deu conta de que ela lhe estendia a mão. No meio dela, encontrava-se o rubi, de um vermelho profundo e brilhante.

— Acho que você precisa disso — ela disse.

Lief assentiu e apanhou a pedra. Ela lhe aqueceu os dedos e o Cinturão ao redor da cintura. Rapidamente, ele começou a abri-lo e, então, hesitou, pois Manus, Nanion e Ethena o observavam.

— O seu segredo, se for um segredo, está a salvo conosco — Manus garantiu. Ele pigarreou, como se ainda estivesse atordoado e atônito com o som da própria voz.

— Pode ter certeza — completou Ethena. — Durante cem anos, vivemos uma vida incompleta que foi pior do que a morte. Vimos nossa terra se transformar num deserto e nossas almas serem aprisionadas. Por sua causa, estamos livres. Nossa dívida para com você nunca poderá ser paga.

— Talvez possa — Barda disse, sorrindo de modo estranho. — Pois, para que a nossa busca tenha êxito, iremos precisar de vocês.

Ele acenou para Lief, este tirou o Cinturão e o pousou no chão à sua frente.

Manus abafou um grito, os olhos de botão arregalados. Mas foi Nanion quem falou.

— O Cinturão de Deltora! — ele murmurou. — Mas... como ele está em seu poder, tão longe de Del? E onde estão as sete pedras? Vejo somente uma!

— Agora são duas — disse Lief. Ele encaixou o rubi no medalhão ao lado do topázio. E ali ele brilhou, escarlate, contra o metal cintilante. O rubi, símbolo da felicidade. Vorazmente, ele aproveitou a visão.

Mas Ethena e Nanion haviam se aproximado, e as suas faces morenas estavam pálidas sob a luz da Lua.

— Então, aconteceu... — ele murmurou. — O que temíamos. O que Thaegan prometeu, antes de nos enviar para a escuridão. O Senhor das Sombras chegou. Deltora está perdida, para sempre.

— Não! Não para sempre! — Jasmine gritou ferozmente. — D'Or também estava perdida para sempre. E vocês também!

Nanion olhou-a fixamente, atônito diante de sua raiva. Então, lentamente, ele sorriu.

— Você tem razão. Nenhuma causa está perdida enquanto almas corajosas viverem e não se desesperarem.

Lief ergueu o Cinturão e o vestiu. Ele estava mais pesado do que antes. Apenas um pouco, mas o bastante para fazer o seu coração encher-se de alegria.

Um clamor de gritos e cantos ergueu-se ao redor do vale. As pessoas haviam visto Nanion e Ethena de longe e corriam na direção deles.

— Fiquem um pouco conosco — Ethena insistiu, pousando a mão delicada no braço de Lief. — Aqui, vocês poderão descansar, divertir-se e ficar em paz. Aqui, poderão recuperar as forças para a jornada que os espera.

Lief olhou de relance para Barda, Jasmine e Manus e leu em suas expressões o que já previa. D'Or era maravilhosa, e a atmosfera era doce, mas...

– Obrigado – ele disse –, mas somos esperados... em Raladin.

Eles se despediram, e Ethena e Nanion foram saudar o seu povo. O som de sinos soava nos ouvidos dos quatro companheiros quando eles escalaram os rochedos, atravessaram a fenda entre eles e retomaram penosamente o caminho pelo qual vieram.

A felicidade estava às suas costas e à sua frente. E eles apenas podiam adivinhar a alegria do povo de Raladin.

"Alguns dias de descanso", Lief pensou. "Alguns dias de conversas, risos e música junto de amigos. E então... outra jornada, outra aventura".

Duas pedras haviam sido encontradas. A terceira os aguardava.

Conheça também outros livros da Fundamento

Deltora 3
A cidade dos ratos

Lief, Barda e Jasmine, três companheiros que têm em comum somente o ódio que nutrem pelo inimigo, saíram em uma perigosa busca para encontrar as sete pedras perdidas do mágico Cinturão de Deltora. Somente quando o Cinturão estiver completo novamente, o malvado Senhor das Sombras poderá ser derrotado.

Eles obtiveram êxito em encontrar o topázio dourado e o grande rubi. Os misteriosos poderes das duas pedras fortaleceram os amigos e lhes deram coragem para prosseguir na busca pela terceira pedra. Contudo, nenhum deles sabe que horrores os aguardam na proibida Cidade dos Ratos.

www.editorafundamento.com.br
Atendimento: (41) 3015 9700

Editora FUNDAMENTO